台灣農場

陳林 著

目錄

一、陳燕凌與陳燕雪

陳燕凌和陳燕雪兩兄妹騎在越野自行車上，沿著堤防邊的小路奔馳。濃密的高高雜草鋪滿堤防，猶如一道綠色長城，怡人清香一路撲鼻而來。和風徐徐湧動，綠草在煦煦陽光中不斷變換婀娜多姿的身影，兩人邊騎邊歡呼，像是翱翔天際的快樂飛鳥。

騎上堤防，面向小溪，秋冬時節，不見湍急溪水，大小石塊曝曬陽光下，河床只剩一絲細流。遍野白茫茫的蘆葦迎風搖曳，伴隨啁啾鳥語撩弄著纖細的姿影。

左邊數十公里外巍峨山岳聳立半天邊，層層山巒細膩的稜線暈染著薄薄的淺色粉藍，披掛在山腰間的雲兒飽滿如棉花糖，輕盈如蠶絲；右邊是溪流的出海口，從堤防上眺望過去，浪潮激起迷濛水花，沙灘上綴飾著一條條有如綿綿花絮的銀白波浪，虛幻而縹緲。

「哥，您看！」陳燕雪指向堤防外的一片茂密叢林，興奮高喊著，「好多鴿子！」

「那是斑鳩，不是鴿子，學校的樹叢裡最近也常看到。」陳燕淩還陶醉在河中景致，被妹妹高聲一喊，趕緊將車頭轉向堤防外。

從樹林中飛旋而起的群鳥不只是陳燕雪發現的那一群斑鳩，遼闊天空中，隨時都可看見不同種類的成群飛鳥從濃密樹林中浮湧而出，轉眼變成片片飛舞、漫天飄逸的美麗隊伍，啁啾之聲，四處飛揚。

他騎下斜坡，朝著飛出陣陣鳥群的那片樹林出發，陳燕雪也跟著哥哥從堤防上飛奔而下。兄妹兩人在鋪滿雜草的小徑上奮力馳騁，小徑兩旁都是沼澤，金黃色的高高禾草挺立淺水中，蜜蜂與蝴蝶相互追逐，蜻蜓與小鳥處處飛舞，牠們不斷在草稈上變換佇足之處。

順著林中蜿蜒小路騎進去，小路兩旁偶爾可見幾處水窪，雖不見流動，但是水質清澈如鏡，微風拂動一泓較為寬闊的積水，撩起似有若無的水紋，光線昏暗，卻不覺陰森，反倒是有如處身仙境。

直到發現一條溪流展現在眼前，兩人才確定已經來到樹林的盡頭。

溪河蜿蜒，忽寬忽窄，充沛流水發出咕嚕咕嚕的愉悅聲響，水花飛濺在巨石上，嘩嘩聲響在微風中徐徐流晃，兩人滿臉驚喜，眼睛睜得斗大，不斷探尋每一個角落。

「燕雪，對面那棵巨樹，看到沒有？」陳燕凌爬上一顆巨石，指向溪流對岸一棵數人才能環抱的大樹。

「好香，哥，什麼香氣？」陳燕雪猛吸著氣，臉上綻開一朵有如盛開玫瑰的笑容。

「樟樹，老樟樹，一棵難以想像的巨大樟樹！」陳燕凌深深一呼吸，放目四望，歡欣臉色上隨即寫滿不敢置信的驚訝之情，「不！不只是一棵巨大的老樟樹，天啊，是一片望之不盡的樟樹林！」

「走！」

沿著溪邊快騎，兩人立刻找到一條橫跨溪流的筆直小徑，平坦如橋樑。兩側寬闊溪水幾乎就是平貼著路面，流水豐沛，清澈見底。濃密青草覆蓋著小徑兩旁，擠不上小徑的就直接跨入水中，或是挺立水中隨風搖曳，或是潛沉水裡隨波盪漾。溪水在小徑兩旁脈脈相連，兩人立即判定，這真的是一條跨越河流的人工橋樑，沒有護欄，也不見水泥鋪路，卻見橋上遍布野花綠草。

清風徐徐，沁涼撲身，騎過有如鄉村小徑般的窄橋，進入樟樹林。兩人

騎上好長一段路，都還被陣陣濃郁香氣緊緊包圍。極目所及，盡是樟樹，每棵樹都須兩人以上伸出手臂才能將樹圍抱住，蜿蜒碎石路上別無其他樹種，只有繁茂雜草與野花處處隨興點綴。

樟樹群像是數不盡的巨人，既神祕又和善，翠綠細葉交織成鋪天蓋地的羅網，幾點陽光灑落在路上。綿延不盡的樹冠舞弄出漫天遍野的翠綠細浪，揮灑著一整個天空的怡人氣息，就連蒼穹最多變的姿色也似乎被冷落得黯淡無光彩。

樟樹林，像似處於兩條河流之間，河邊景致跟那條長橋一樣，滿是雜草與野花，微風流晃，兩人相互交換一個驚喜神情，將腳踏車停在樹下，專注地聽著水流聲，突然，又交換一個驚訝眼神。

「鴨子。」陳燕雪先說了。

「沒錯，很大群的鴨子。」陳燕凌也聽出潺潺水聲中流晃著呱呱鳴響。

鴨子的呱呱聲響稍一消匿，微風在高高枝梢迴旋時撩起的沙沙輕響隨即又蔓延開來。幾絲細風舞弄著低矮草叢，各色蝴蝶、各式蜻蜓飄飄而來，陪伴蜜蜂與小鳥飛舞於爭妍鬥艷的遍地野花之間。

「我們好像是在兩條河中間的沙洲？」

「怪怪的，沙洲中不可能有這麼多的老樹，而且每棵幾乎都是五十年以上的樹齡。」陳燕凌不斷摸著一棵棵老樟樹，粗糙的龜裂樹皮流透著一股難以言傳的溫潤質感。他撥開一小片乾枯的樹皮，尚未湊在鼻前，一股香氣就從樹幹迸放而來，就連蹲在水邊的陳燕雪也不禁翕動著鼻翼，臉上一抹喜色。

「有幾棵樟樹應該都有百年，甚至是數百年的年齡。」陳燕凌衝到一棵數人才能環抱的大樹下，以敬畏的神態端詳著那片遮天蔽日的樹冠。

快速掃瞄了周遭的大樟樹，這才發現每棵樟樹的四周幾乎都有水漥，每個水窪都是經由大大小小的水道相互連結。水漥長短寬窄不一，有些大如籃球場，有些卻只有如臉盆一般大小。大小水道或是細如絹帶，或是寬若橋面，盤結交錯，條條都是跟兩旁的溪流連結在一起。

「這是湖沼，樟樹林矗立在沼澤中！」

但是，當低頭看看腳下溫暖濕潤的小路，他立即推翻自己的判斷。

「不，這並不是湖沼，而是由數不清的寬窄溪流和大小池塘交錯而成的水鄉。這些樟樹不是野生繁衍，而是有人刻意栽種的樹林！」

樟樹林裡的小徑彎曲繚繞，每條小徑的兩旁一定都有潺潺溪水。流水或

是以輕如絲綢的律動在大小石塊旁，緩緩漫漶，或是有如急速奔馳的激流，澎湃湧動。

樟樹，並不是以軍隊般的整齊隊形排列，有些離水較近，有些則幾乎是快要挨到路中間了。錯落，交叉，但是小路一直維持著蜿蜒走勢，從不中斷。這更讓整條小路呈現著詩情畫意的景致，光線忽而明亮，忽而迷濛，群鳥或是咕咕大響，或是吱吱細鳴。

河水琤琤淙淙，兩人走到一處錯落著幾顆巨石的水邊，大小石塊在水底交錯，水色清澈見底，成群結隊的魚蝦優游其中。

「哥，您看，好多烏龜！」陳燕雪突然指著河中一塊扁平的大石頭，興奮喊著。

「那是鱉，不是烏龜。」陳燕凌還未拿起望眼鏡就看出趴在扁平大石上的動物是一群正在曬太陽的鱉。

樟樹林對岸的幾棵大樹比這邊還要巨碩，陳燕凌從望眼鏡中看出那是波羅蜜，每棵波羅蜜樹上都掛著比枕頭還要巨大的鵝黃果實。一長排的高大波羅蜜直衝天際，棵棵大樹上都滿掛數十顆體積驚人的大果實。陳燕凌的望遠鏡來回搜尋，臉上滿是驚奇神色，久久無法自已。

「想不想看看？」陳燕凌將望遠鏡遞給站在一旁的燕雪，卻發現她已不在身旁。

「哥，您看，好多魚！」原來陳燕雪已經跳上岸邊一塊平坦大石頭上。那是吳郭魚，數量驚人！流過石頭旁的魚群密密麻麻，幾乎將河水染成暗褐色。陳燕凌將望遠鏡聚焦在稍遠的水面上，這才發現不只是燕子站上去的石塊旁滿滿都是吳郭魚，就連河床中間的主水道也是一片黑壓壓。

「哥，您看，好多蝦子！」陳燕雪又趴在另一塊石塊上驚喜大喊。

陳燕凌一個飛步，跳到燕子身旁，石頭旁的水域中已不見吳郭魚汩汩而過，卻見大小蝦子在水底大小碎石間爬行。水中浮游著無數蝦子，每一隻都是朝著同一方向順著水流前進。緩緩流動的清澈河水中，難以勝數的雙螯不斷奮力揮舞，有如千軍萬馬馳騁而過。

兄妹兩人目瞪口呆看著這幾群蝦子游過眼前，蝦群消失在左前方一個河流彎道。兩人再度跳上腳踏車，默契十足地加快速度，追著魚蝦飛馳。

一個突起的小斜坡宣示這邊就是樟樹林的盡頭。兩人騎過一座小橋，爬上斜坡，小山下一片寬闊無邊際的樹林展現眼前，那全是樟樹！

構樹林從山腳下一路延伸到一條河岸，粗細莖幹頂著遍野的桃形葉子，猶如一襲無邊無際的輕紗，臨風擺動，鋪設出一片令人目不暇給的彩色原野。

「漂亮喔！」陳燕雪跟在哥哥後面，興奮地大聲叫喊。陳燕凌拿出望眼鏡，這又發現款款飄動的彩色原野中還漂泛著數十頂斗笠。那些斗笠形狀與台灣斗笠相似，但是台灣斗笠是由大小兩個錐體組成，有如陡峭巒峰，而那些斗笠則是單一尖錐，好像單調的小丘陵。

「越南斗笠！」陳燕凌呼吼而出，「數十頂越南斗笠在構樹林中漂動！」

「走！」兩人衝下小斜坡，剛踩了幾步，就發現構樹林與斜坡間還有一條溪流。

溪流岸旁都是細小石礫，細如針線的小魚苗穿梭在石縫中。陳燕凌本來不想下水驚擾牠們，一抬頭卻看見前方水中似乎有著一長排的方形籮筐。

「哥，您看，好多小魚！」陳燕雪已經涉入水中，指著長形的籮筐驚呼。

水裡的籮筐原來是由暗色半圓形的果殼組成，每兩個果殼的切口相向，一根細長竹籤穿過數個果殼。這些竹籤浮現在水面的部分有二十支，每一支都有一米長。陳燕凌數了一下水面下的竹籤，大概也是二十支，這才確定水中一排排暗褐色的方形籮筐原來就是由水果的外殼和竹籤串綁成而的「人工漁礁」！

大小魚群在果殼串連而成的空間中游進游出，密密麻麻的小魚苗則聚集在果殼凹洞內。

「這是百香果的外殼。」陳燕凌蹲在水邊，雙眼直盯著水面下一個接一個由百香果果殼串連而成的漁礁。

「都是吃過的百香果。」陳燕雪一開始沒看出這是什麼玩意，她從形狀看出每個半圓形的果殼的切口都是非常整齊，知道這些數不清的果殼都是由人工切過，她補上一句，而且拉高音量：「好幾千顆！」

「不！應該有好幾萬顆！」陳燕凌指著附近水中已經腐爛的竹籤和果殼，輪到他驚呼了，他指著眼前清澈見底的溪水：「妳看，人工漁礁不只在我們腳下這邊，整個溪流裡都是！還有椰子殼！」

「天啊！這到底是什麼地方？」陳燕凌站起來，四處張望，周遭舒暢的氣流絲絲滑過他身上每一寸肌膚，綠葉在充沛的陽光中閃爍著明亮光澤，嘴角不斷湧現快意歡暢的線條，他心中有譜：我找到世外桃源，這裡絕對不是一般的農場！

「百香果的數量怎麼會那麼多？這裡有果汁工廠嗎？」陳燕雪突然冒出這句無厘頭的話，逗得陳燕凌哈哈大笑。

「哈哈！別傻了，果汁工廠哪有可能將果殼費心串成人工漁礁，讓魚群繁衍？」

「這不是一般農場！」陳燕凌越來越興奮，「怪不得剛剛所見到的魚蝦數量會如此不可思議！」

「天堂！」陳燕雪大喊。

「世外桃源！」陳燕凌雙臂奮力高舉，朝著蒼穹大吼，歡呼之聲幾乎掩蓋掉漫天鳥鳴。

正當兩人驚呼不已時，陳燕雪臉色一變，指著腳下不遠處的水中，雙唇微微抖動著，她深深一呼吸，隨即大喊一聲：「哥，您看！」

陳燕凌立即察覺她語氣中的驚惶，盯著她手指的方向望過去，只見幾堆白骨沉在水中，繁忙魚群在鏤空的頭骨中穿梭洄游。

「有角！」陳燕雪先看出來，「好像是牛的頭，不止一個，好幾十個！」

陳燕凌跨入水中，屈身彎腰，才多瞧了一眼，立即下了定論：「不只是牛頭，還有羊頭，甚至還有鹿的頭！」

「排骨！」陳燕雪又驚呼一聲，指向一堆已經粘附著青苔的骨頭，「一根又一根的排骨堆在水中，小魚群在骨頭中游來游去！」

陳燕凌轉身，朝四周警戒。陳燕雪也跨上腳踏車，準備跟哥哥一道警戒。

「我們是不是來到越南？」陳燕雪語氣中開始帶著微微抖音。

「而且，穿越時空，來到越戰時期的人間煉獄？」陳燕凌眼神凌厲，緩緩起身。

「你們好！」一聲有如從空靈山谷傳過來的招呼把全身緊繃的兄妹嚇了一跳。兩人站了起來，水中不知何時已出現一艘長型小船，無聲無息，一點也不驚擾四周的寧靜。船上的人雙掌在胸前合攏，稍一屈膝彎腰，擺出獨特的問候手勢。

「泰國人！」兄妹兩人從國小到國中上學的過程中，經常有機會接觸到同學的泰國媽媽，他們知道那姿勢就是泰國特色的問候方式。

幾個方形籮筐從船上拋出，掉落在岸邊淺水中，濺起一陣不小的水花。

陳燕凌湊上前一瞧：「跟水中的百香果漁礁一模一樣。」

我們到底是騎到越南還是騎到泰國？兄妹兩人小心翼翼吐息，彷彿即將面臨深不可測的硬戰。

二、林子奇與林華

那是一座遍布綠草與野花的長橋，無邊欄，亦無柏油橋面，寬可供兩輛大貨車同時行駛。長橋跨過遼闊河床，幾乎貼著水面，筆直往前延伸而去。橋的那一頭點劃著縷縷輕煙，更遠處的山下似乎有一個村莊正在朝著他們招手。

流水豐沛，從鋪滿碎石的長橋下穿梭而過，有如兩襲無邊無際的絲綢緩緩漂浮在微風中。

林子奇與林華牽著腳踏車，佇立橋頭，抬頭望見一座青翠小山拔地而起，山下幾座低矮小丘陵連綿在地平線，靜謐的青翠林丘散置在山安詳腳下，輕煙散去，可見到幾戶人家點點分散在蜿蜒的山徑。

山巒層層相疊。幾朵泛著亮白色澤的飽滿雲團浮貼在山腰。煙嵐在稜線勾勒出一層層薄藍輪廓，夢幻般的色彩，隨著浮雲輕移的腳步，瞬息萬變。

「鴨子。」林華睜大著眼睛。

「沒錯，很大群的鴨子。」林子奇也聽出除了潺潺水聲之外，沁涼空氣中還流晃著呱呱聲響。

「走！」林子奇先衝了出去，林華緊跟在後。兩位國中男女同學在長橋上飛馳，如同兩枝飛箭，風聲在耳邊呼嘯而過，綠草怡人的清香一路撲鼻而來。兩人越騎越得意，原本打算風馳電掣、一路狂奔，突然，波光粼粼的清澈溪水瞬間變得有如墨汁一般烏黑，原本平滑柔順如絲綢的河水猛然掀起激烈跳動的點點水波，大小魚兒在水面上飛奔彈跳。

剛剛只是呱呱輕唱的鴨鳴突然幻化成轟轟巨響，無數鴨群從長橋下方兩旁振翅而出，大小翅膀同時強力鼓動，周遭氣流為之震撼，噗噗之聲直灌耳膜。林子奇和林華同時緊急剎車，兩人失去重心，一左一右，連同腳踏車跌落水中。

「還好，橋邊的水很淺。」林子奇還未爬上來，林華就已經拉著她的腳踏車爬上橋，渾身濕透，驚懼大叫著：「水中有不少動物的大小骨頭！」

「牛頭！」林子奇也已經拉起腳踏車，趴坐在橋邊，指著水中數十個碩大的頭骨。

「羊頭！」林華指著另一堆有著捲曲頭角，尺寸較小的頭骨，驚聲尖叫：「還有豬頭！」

全身還滴著水，林華渾身震顫，躲在林子奇的背後，兩手緊緊抓著他的肩膀。

溪流還是呈現墨黑色澤，水波激烈閃動，無數鴨群滿布水面，雜色的鴨毛在深色溪水中瘋狂躍動，讓激烈起伏的溪面更是呈現出有如兵荒馬亂的混亂場面。

「魚！」林華衝向橋邊，「黑壓壓的水中都是魚群，還有蝦子！」

林子奇目瞪口呆望著寬闊溪流中擠滿著魚群與蝦群，鴨子爭先恐後覓食，呱呱聲響更是驚人。兩人不約而同將腳踏車停好擺在一旁，雙掌遮著耳朵。

「你們好！」雙掌才剛拿開，就有一群女子從背後溪流出聲招呼。

兩人回頭一瞧，一艘長長的小船漂泛在烏黑溪水中，船上載滿好幾種蔬果，幾個膚色深黝的女子綁著頭巾，或坐或站，朝兩人微笑著。

「走！」一時無法釐清眼前的詭異景況，林子奇拉著林華衝向腳踏車，兩人又開始在長橋上飛馳，打算一路奔向前方山腳下的村莊。

衝過長橋，展現在眼前的是一片望之不盡的樹林。樹叢雖非高聳入雲，卻是繁茂如原始森林。樹林從山腳下一路延伸到河岸，粗細樹幹頂著遍野的桃形葉子，猶如一襲無邊無際的輕紗，臨風擺動，鋪設出一片令人目不暇給的彩色原野。

這是面積驚人的構樹林！

天啊，數千棵大小構樹，不，有好幾萬棵，擠在這片平坦曠野！

早早落根的大構樹有數層樓高，不斷繁衍而出的小構樹密密麻麻，在底層持續生長，整片濃綠樹林交織成深不見盡頭的神祕園地。

林子奇先停了下來，一手按住林華的肩膀，示意她暫時不要前進，兩人站在樹林邊緣目瞪口呆地盯著眼前這片奇景。

「子奇，你看！」林華突然掙脫林子奇的手，停好腳踏車，一面衝進樹林，一面大呼小叫，「小鹿，好多小鹿！」

林子奇望向林華衝刺的身影，一大群小鹿從樹林幽暗處緩緩出現。他才想跟著林華衝過去，又見大片樹林中不斷走出大小鹿群，每一隻成鹿旁都跟著一群幼鹿。林華又在那頭高喊著：「台灣梅花鹿！」

林華退回到林子奇身旁，兩人又驚又喜地看著鹿群從他們周邊慢慢通過。林子奇偶爾伸出手掌摸摸幼鹿，林華手上抓著一枝構樹的枝葉，幾隻小鹿停下來啃食，她也開始撫觸著經過身旁的大小梅花鹿。

鹿群還未走完，林華高興地大呼大喊，聲調中開始流轉著平常在學校高唱歡樂歌曲時自然流露的尖細嗓音：「子奇，這群梅花鹿起碼有一萬隻耶！台灣哪有這麼多的梅花鹿啊？」

「我們會不會跑到野生公園來了？」林子奇環視四周，想找找看是否有指示遊客參觀路線的箭形路標。

兩人還在好奇端詳周邊不斷經過的鹿群，眼前突然出現幾位年輕女子，她們身形纖細，笑臉盈盈。林華先注意到這群女子都是戴著圓錐形的越南斗笠。

「越南女子！」林子奇雙眼睜得有如成鹿那麼大，「我們只是騎腳踏車出遊，哪有可能騎到越南去了？是不是這些日子我們因為在籌備學校的園遊會，必須經常接觸一些同學的越南媽媽，就因此而把她們引入夢中？」

數十位戴著越南斗笠的女子隨著鹿群不斷從樹林中走出。這些越南女子每人手中拿著一支小鞭子，腰間掛著一個竹簍子和一把小刀，從構樹林中幾條小徑中不斷走出來。

「來農場玩嗎？」其中一位似乎是帶頭的女子朝兩人拋來熱誠的笑容，親切地問著。聽她一口腔調特殊的台灣話，林子奇和林華從國小到國中上學的過程中經常有機會接觸到同學的越南媽媽，他們聽得出那獨特的腔調，這才確定這一群女子是來台灣農場工作的越南女勞工。

林華拉拉林子奇的衣袖，兩人再度騎上腳踏車，緩緩地跟著鹿群和十幾位越南女子。

鹿群沿途撒下有如大小藥丸的褐黑色糞便，兩人不管如何閃躲都無法避免壓到這些無臭味的糞便。越南女子一邊趕著鹿群，一邊回頭看兩人的滑稽動作，不斷輕笑著，清亮笑語隨風飄逸，宛若漂泛在清涼空氣中的朵朵鮮花。

約莫經過十分鐘，一排排農寮出現眼前，鹿群像似訓練有素的軍隊，一隻隻走入寮內。

一位高大的中年女子戴著紅色呢帽，牽著腳踏車，站在一處較高的土丘，用越南話指揮著女子，還不斷打量著林子奇和林華。

鹿群花了好長一段時間才全部進入鹿寮，等幾位越南女子關上閘門，戴著紅色呢帽的高大女子這才走近林子奇和林華身旁。

「阿姨，我們迷路了，可以請您幫忙嗎？」林子奇未等她發問，就先開口求援。

「沒關係。」高大女子一開口就是標準的華語，她跨上腳踏車，「跟我走，今晚暫住在我們農場的來賓招待所。」

「請問，這是什麼農場？怎麼會有那麼多的梅花鹿？」林華往前騎出好幾大步，幾乎就要挨在中年女子身旁。

「喔，領班還沒跟你們介紹？對不起，我們邊騎邊聊，敝姓陳，是農場主人的祕書。這是**台灣農場**，位於台灣西部平原，面積有一萬公頃。」

「一萬公頃！」林子奇和林華差點就從腳踏車上摔下來，因為兩人從未聽過在面積狹小的台灣西部平原會有如此規模的農場。

三人騎過一大段平地後，開始進入緩坡。坡路相當平緩，卻是彎彎轉轉，每個轉彎處都可見到小小水潭散置在路旁，而且一定會有一棵高大老樹站在轉角處的兩旁。林子奇曾在學校見過幾棵大樹，種類並不多，而且還得挨在樹旁的標示牌才叫得出它們的樹名，現在眼前突然矗立著多樣陌生樹種，他目瞪口呆。林華也是一樣，除了一些在學校見過的樹種還勉強認得出

來，看到其他樹木就只能乾瞪著眼，說不出樹名。

「這棵是樟樹，那一棵是桃花心木。」陳祕書看出這兩個都市學子的好奇，開始一一介紹，「台灣欒樹，苦楝，鳳凰木，小葉欖仁，大葉欖仁，印度紫檀，雨豆樹，玉蘭花，木棉，桂花，雀榕，芒果，莿桐，茄苳，梅花，樺木，五葉松，羅漢松……」

「陳祕書，請問，那幾棵是不是楓樹？」林子奇在一個平緩斜坡認出幾棵高大樹木，葉子泛著紅色，他直覺就認定那是楓樹。

「對！那是楓樹。」陳祕書突然停下腳踏車，笑臉盈盈，指向一個平緩斜坡：「你們看，那是台灣黑松。」

幾棵巨大松樹挺立在平坡上，粗壯高大的身軀矗立在一片以灰藍色為背景的晴空中。兩人停下來齊聲讚嘆，這才發現他們已經騎上一個小巒丘，陣陣涼風拂面，全身沁涼舒適。

「幾位老闆很喜歡坐在這幾棵松樹下，眺望這片農場。」陳祕書又說了，「他們看著風景與在農場中勤奮工作的四個國籍的外勞朋友，回味當初創設農場的心路歷程與經過。」

「四個國籍的外勞朋友？」兩人雖只是國中生，心中大概也猜出是哪四個國家了。同學中有不少媽媽是來自東南亞國家，所以大家經常有機會接觸到從這四個國家來台灣工作的勞工。

「是的，台灣農場目前聘請四個東南亞國家的外勞朋友，菲律賓，泰國，越南，印尼。」

在一個轉彎處，一部轎車從一條由繁茂枝葉自然搭架而成的綠色隧道中緩緩開了出來，車上的人伸手跟陳祕書打招呼。兩人看不出車內有多少人，也難以辨別那些人的年齡與性別，但是依稀能看出車內都是五六十歲以上的中年人，有男有女，笑容可掬，慈祥可親。

「農場老闆。」陳祕書朝著離去的車子揮揮手，卻沒有跟兩位同學指明車中哪一個是農場的老闆。

「好棒喔！擁有這麼大的農場，一定個個都是大企業家，說不定還有演藝圈裡的經紀人？」林子奇與林華兩人睜大雙眼，眼珠一起熱切探向那部緩緩離去的車子。

「喔，不，這些人來自社會各界，有大企業家，但也有在菜市場做生意的小販，有退休的工人，也有農夫。」

緩坡成之字形，三人騎了好一段時間才來到一片平坦草原。望向山下，

在遼闊翠綠草原與樹林之間，大小河流穿梭繚繞，遍野流水染透著酡紅天色，那些綿綿密密的河道就宛若是編織在巨人國度碧綠氈毯上的條條金絲銀線。

「請問陳祕書，這座山叫什麼名字？」

「名字？沒有，農場裡的山巒，不管高低，都沒有名字，我們只用代號區分。」陳祕書引導他們進入一間小木屋。櫃檯後一位男子，約莫四十來歲，第一次見面，卻能親切叫著兩人的名字，兩人愣了一下，隨即舉起一手回應。

「這些都不是真正由地質變動所形成的山脈，你們在這一萬公頃台灣農場所看到的每一座山，不管高低，都是由四周圍挖出來的砂石堆積而成的，包括後面那座最高的山巒也是如此。」

「什麼？那座高山也是人工堆出來的？」林華指向小木屋後方那座高約五百公尺的山丘，露出不敢置信的神情。而衝到窗戶旁的林子奇，脖子似乎已經僵住，仰望著那座山峰，久久無法動彈。

「是，的確如此，我們現在站的位置大約離海平面有五十公尺，後面那幾座山丘層層往上爬升，最高處是五百公尺，出水口就在那邊，整座一萬公頃台灣農場的所有水源全都是從最高處的山頂一路流下。」陳祕書將兩人交給櫃檯的先生之後就向他們道別：「天色漸暗，我必須趕回辦公室。這裡有專人接待，別客氣，電話暢通，換洗衣物，無論男女，不分年齡高矮，都已準備妥當。」

　林子奇和林華向她鞠躬致謝，隨著接待人員走過小木屋的中堂，接待人員登記他們的名字後，打開後門，夢幻般的人間仙境出現在眼前，兩人立即呆在門口，一時忘記自己最好趕緊更換潮濕的衣物。

　花園中，淙淙流水晃漾在大小石塊間，魚群優游，清澈見底的淺水中，大小蝦子緩緩而行，螃蟹在石縫中揮舞著雙螯，荷葉上，處處可見嘓嘓作響的青蛙。

　潺潺流水，脈脈相連，繚繞蜿蜒，密布在花園中每一角落，林子奇和林華走走停停，驚喜不已欣賞腳下大小繁花和四處流淌的潔淨流水。接待員時時停步下來，面帶微笑，等兩人邁開腳步時才又開始帶路。

　花園盡頭，出現一長排石階，長度約有五十公尺，卻只有三層。水從石階逐層流下，形成三道長長水簾，每一層石階都好像是一片狹長形池塘，寬約一米。水從碎石上流過，可供踏腳的幾片扁平石板鋪設在上，形成一道架

設在淙淙流水上的樓梯。石階上不見高高雜草，只有幾撮細草與苔蘚在濕潤石縫中生存，為暗色石片增添幾分風采。

從垂掛著水簾的長排石階拾步而上，兩人又再次被眼前奇景驚喜得說不出話來；：一棟棟雅致小木屋，交叉錯落在數百棵低矮樹木與綿綿密密的水道之間。原來，形成那三道水簾的水源就是在一座座小木屋間蜿蜒游走的豐沛泉水。

每一棵越橘都有數百朵小白花綻放著，花香有如澎湃浪花朝著他們湧動而來。原來，那數百棵低矮樹木都是俗稱「七里香」的「越橘」！

「這邊請。」接待人員推開大門，恭請兩人進入一座可供六人住宿的小木屋內。

步入小木屋前，兩人抬頭，那座五百公尺高山宛若慈祥安靜的巨人，山頂幾盞燈光微微亮著，在山嵐的掩印之下，猶似不斷朝著兩人眨眼的小星星。

三、劉美琪與沈靜宜

劉美琪與沈靜宜沿著河岸已經行進了好一段時間，河水依舊豐沛而且平緩。兩人滿臉狐疑。「台灣山高，平原窄，尤其是在這秋冬時節，溪床應該都只剩一絡細流，大小石塊曝曬陽光下，怎麼可能會出現這種類型的河流呢？」

「妳們好！」一聲高呼從河中傳來，兩人這時才發現寬闊河流中漂浮著一條長長的扁平船隻。

船上四個人，兩男兩女，男子腰間塞著一條紅手巾，女子腰間則插著一支摺扇。一位男子在船尾操槳，另兩位女子坐在船首，雙手放在一堆方形籃子上。一位男子站在船中央，雙掌還朝著兩人不動揮動著。

四個人都是身穿救生衣。站在船中央那位男子指著水面，雙手比出一個讓兩人摸不著邊的姿態：他右手掌心向下，高舉在頭上，左手掌心向上，擺

在膝蓋處。劉美琪與沈靜宜互看一眼，噗哧一笑。

那個人見劉美琪和沈靜宜不知他的用意，立刻又變換一個姿勢：只見他先指著水面，再將一隻手掌平舉，擺在鼻孔處，緊接著雙臂狂揮，做出痛苦掙扎狀。船上三人也站起來，開始學起他的樣子。這下子，惹得劉美琪和沈靜宜哈哈大笑。

「喔，原來他們是想告訴我們這邊的水深，不要靠近。」兩人立即清楚四個人的用意：「距離又不是很遠，說一聲就好，幹嘛還跟我們表演默劇？」

「想不想搭船？」站在中間那位男人在船上向她們兩人打招呼，華語帶著東南亞的特有腔調。

「你們是哪一國人？」劉美琪與沈靜宜齊聲問著。

「我們是菲律賓人，在這農場工作，歡迎妳們到農場參觀。」站在船中央那一位男子露出令人心安的慈善笑容。「河流很多，妳們騎不進來，會迷路。而且路很長，要騎很久、很久、很久。」

沈靜宜立刻聽出他的話意，雙手舉在兩側，用手指凌空圈繞出兩個圓形：「這河流有多長？」

菲律賓人互換一個眼色，用菲律賓話交談了幾句，接著四人全部站在船上，排成一列，開始先向右側走了六步，雙手舉在兩側，用手指凌空圈繞出兩個圓形，然後，左手在前，右手後舉，雙手下壓，微彎著腰，左腳輕柔往前點觸，口中用華語唱著：「很長！很長！」

四人又朝著左側走了六步，雙手舉在兩側，用手指凌空圈繞出兩個圓形，然後，右手在前，左手後舉，雙手下壓，微彎著腰，右腳輕柔往前點觸，口中用華語唱著：「這邊流過來！那邊流過去！」

四人同時左轉，形成兩組面對面的男女舞者，男雙手擺腰後，女雙手插腰，右腳輕柔往前點觸，左腳輕柔往前點觸，微彎著腰，相互朝對方挑情，口中用華語唱著：「小河彎彎，流水從不間斷！」

兩人被逗得放聲大笑，劉美琪沒跟沈靜宜商量，就直接跟船上兩個人擺擺手，示意他們把船靠過來。

「美琪，妳幹嘛，還沒問清楚呢！」靜宜一急，趕緊抓住美琪的手臂，「我們是美少女耶，怎可以隨便就搭別人的交通工具？」

「放心，妳沒看剛剛跟我們說話時四人一直不敢將船靠近，而且，妳看啊，這艘船絕對不是一般的破船，每個角落整理得乾乾淨淨，船的編號一清

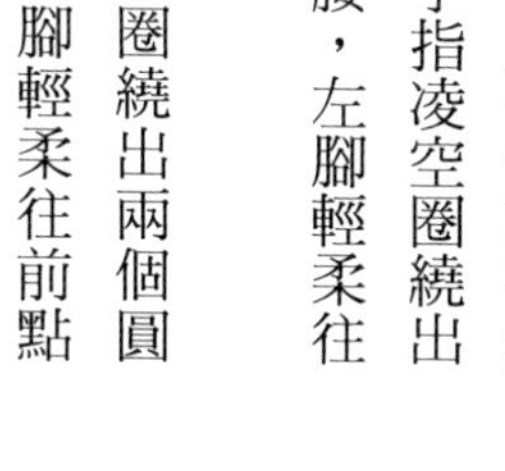

二楚，連救生衣都齊全，放心啦，這不是賊船。」

沈靜宜再端倪一下這條船，再打量一眼四人和善的笑臉，她往前跨出一大步，站在水邊：「來，載我們過河。」

男子將船緩緩靠岸，幫兩位女同學的腳踏車牽上船，然後拿出兩件救生衣：「拜託，請穿上。」

沈靜宜噗哧一笑：「我來教你們，應該說，麻煩您，請穿上。」

四位菲律賓人爆出歡暢笑聲，船身緩緩滑行，在水面劃開的兩波漣漪彷彿也被他們的笑浪推動著，往四周飄然而去，久久不歇。

船隻順著水流前進，岸邊有時就是一段直挺挺的小路，有時又是沿著彎曲河道蜿蜒的小徑。右側是流水與樹林，左邊卻是起起伏伏的小山巒，絲絲雪白瀑布懸掛在翠綠山腰間，不斷有鳥群從林間飛舞而出。

這條河流無從丈量它的長度，因為它彎彎曲曲，有時在大樹下四處游走，有時又是在寬闊水面漂浮。小支流更是難以一一踏入，宛如一張巨大而浩瀚無邊際的網絡，綿綿密密，隨時在樹蔭中迤邐，有時水色如翠綠碧玉，有時卻像是抹上一層黃金似的光影。

到處瀰漫著清香，各種樹木與花草盡情揮灑氣息，淙淙水聲讓人渾身舒暢。空氣中似乎還晃漾著縷縷細微的歌聲，兩人豎起耳尖，搜尋那有如夢境般哼唱的來源。

船隻在一條小水道轉彎，繞過一叢高挺禾草，眼前突然出現一片遼闊水域。兩人大呼一聲，霍然站了起來。

數不盡的船隻緩緩滑行於寬闊溪流，每艘長舟上都有男有女，或坐或站，長槳撩撥著有如蜜糖色的河水。漣漪在每艘船之間來來去去，有如頑皮精靈在水中追逐嬉戲。彩霞飛舞，船上吟唱飄颺，天色中浸透著醉人的酣紅與金黃。閒逸飄舞的鳥群吱吱喳喳，伴隨著數百個笑臉盈盈的男女縱情歡唱。

有些船隻滿載蔬菜水果，竹筍、蘿蔔、百香果、椰子、番薯、玉米，堆在竹簍中，長長的甘蔗綑綁整齊，堆放在船上。

載著小羔羊的船從一旁咩咩滑過，兩人還沉浸在狂喜之中，就有載著哞哞小牛的船隻從後方超越她們。一艘載著幾隻小鹿的船發出呦呦之鳴，從一條藏身在大樹低垂樹冠中的水道裡緩緩駛了出來。

船隻經過毛豆園，數萬朵如米粒一般大小的精巧白花在翠綠枝葉間含蓄綻放著。繁忙蝴蝶，成群飄飄，於朵朵花卉間縱情飛躍。

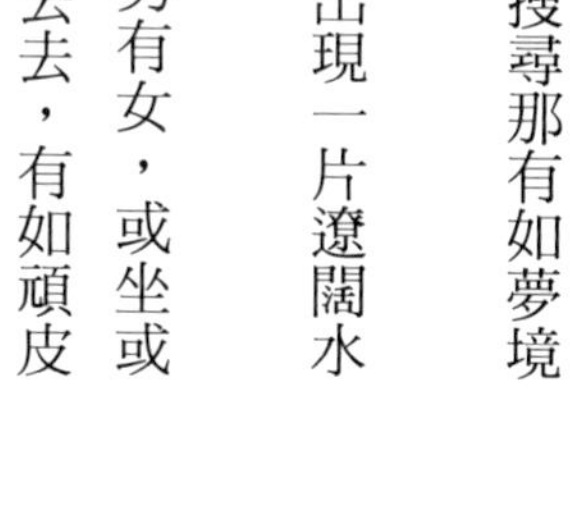

船隻經過一片玉米田，一旁種有鳳梨和南瓜，還有番茄與絲瓜。

船隻滑過一片香蕉園，一旁種有高麗菜和花椰菜，還有白玉苦瓜與綠色小苦瓜。

船隻溜過一片釋迦園，一旁還有幾個棚架，高處懸掛著串串葡萄，幾棵茄子樹蹲在竹架下。

船隻搖過一片茂密龍眼樹，一旁還有幾棵高大荔枝樹，幾株各色低矮青椒在附近處處散置，幾排芹菜揮灑著搶眼的金黃色澤，一排直衝雲霄的椰子樹正在迎風輕搖。

數不盡的各種蔬果不斷在船隻兩旁出現，但都是小面積種植。劉美琪上星期在學校被分配在園藝課外活動，經常得跟著老師到陳校長剛剛設立在校園一角的菜園耕鋤，還能辨識出幾種較少見的蔬菜，她逐一跟沈靜宜說明：川七，芥藍，大頭菜，花生，四季豆，秋葵，豇豆，碗豆。

到處都有成群結隊的大小雞隻穿梭在菜園，時而激烈追逐，時而悠哉啄食。

鵝群像是數百名學生同時擠進遊樂區的嘈雜隊伍，嘎嘎之聲不絕於耳。

「如果是財團經營的農場，為何不是大面積種植？而且雞群與鵝群都不養在農舍裡，放任數量那麼龐大的大小雞隻和一群群的白鵝大軍四處覓食？這到底是什麼農場啊？」劉美琪與沈靜宜滿腹狐疑，皺著眉頭，卻不知如何問這四位只會說著簡單華語的菲律賓人。

「田菁！」沈靜宜突然歡呼一聲，指著河邊那片高有一層樓的細細灌木林，「這不就是長成後就要絞入泥土中充當肥料，被稱為綠肥的田菁嗎？」

「人要睡覺，土地當然也要睡覺。」船中間那位菲律賓人將頭傾斜一旁，雙掌合貼，擺在臉頰旁，瞇起雙眼，還學起豬隻的打呼聲，逗得船上每個人哈哈大笑。

「嗨！妳看！那兩位不是我們學校裡那一對兄妹嗎？」劉美琪與沈靜宜在眾多船隻中認出陳燕淩與陳燕雪兄妹也坐在其中一艘。「美琪，妳看，那個陳燕淩是不是又拿著那支望眼鏡偷瞄我們兩個美少女了？哼！」

兩人還在整理身上衣物，摸摸頭髮，陳燕淩兄妹已經舉起雙手朝著劉美琪與沈靜宜不斷揮舞。「靠過去。」陳燕雪指向搭載劉美琪與沈靜宜的船隻，泰國人加速划動船槳，兩艘船立即攏靠在一起。

「你們也迷路了嗎？」劉美琪趨身向前，興奮地拍拍載著兩兄妹的小船。

「是啊，請問，這是什麼地方？為什麼有數不清的大小河流，還有好幾

個國家的男女遍布在大小河流的眾多小船上？」陳燕雪也認出這兩位隔壁班級的同學，語氣急促，卻也掩不住幾分興奮。

「我們也不清楚耶。」劉美琪與沈靜宜攤開雙手，回以一個苦笑。

沿途一直有小船從大小支流中滑出，陸續加入航行，不聞引擎嘈雜聲，只有划動船槳時的吆喝聲響穿插在各國歌謠之中。

繞過一個小斜坡，竹叢的綠葉就在耳際沙沙輕響。河道在斜坡後面來個幾乎是九十度的大轉彎，四個人才見船隻繞過巨碩竹叢，眼前立即呈現出一片平坦的大草原。

船隻停靠下來，岸邊站著一位滿臉笑容的年輕男子，以在路口指揮交通的手勢引導他們往前移動，示意四人跟著他走。

腳踏車騎上一個斜坡，眼前就是一片平坦的青草綠地，白色房舍林立，每一間都是簡約風格的兩層樓建築，不見豪華，卻處處流露著雅致品味。

小細流密布在綠地上，蜿蜒流轉在每一間房舍旁，窗戶下就是乾淨水流，荷花與水草妝點出萬千風情。

幾顆比一人高的巨大石頭豎立在草地中、房舍旁，巨石中間鏤刻出一個不規則的橢圓形大洞，幾位男女或是站在一旁，或是坐在草皮上閒聊，而鏤空的圓洞上都坐著人，那是造型與材質都是獨一無二，在家具行絕對買不到的大型椅子。

四人牽著腳踏車，目瞪口呆杵在原地，接待者也停步，笑容滿面地靜候他們再度起步。

房舍整齊分布在正方形區塊內，中央座落一間三層樓高的大型建築物。「這應該是行政中心，」陳燕凌這樣推測著。還沒開口問，帶頭的人就比出請進的手勢，示意四人往前。

停好腳踏車，四位同學走進去後，掃描一下裡頭幾塊指標，立刻確定這間三層樓高的建築物就是員工交誼廳和教學廳。

三層樓房色全部採用木造，而且四邊都有高高的大門，四面牆壁盡是落地窗，迎入滿室陽光。房舍四周大樹高聳，繁葉漫天伸展，但是屋內只見溫馨，不見陰森。

長形木桌沿著落地窗排滿整間房舍，桌上有圍棋、撲克牌、跳棋，象棋，以及各式各樣沒見過的桌上型娛樂器材，收拾得十分整齊。陳燕凌雙眼快速搜尋每張長桌，他確定這不是台灣人聚集交誼的場合，外面幾十間兩層樓的屋子應該是這些外國勞工的宿舍。

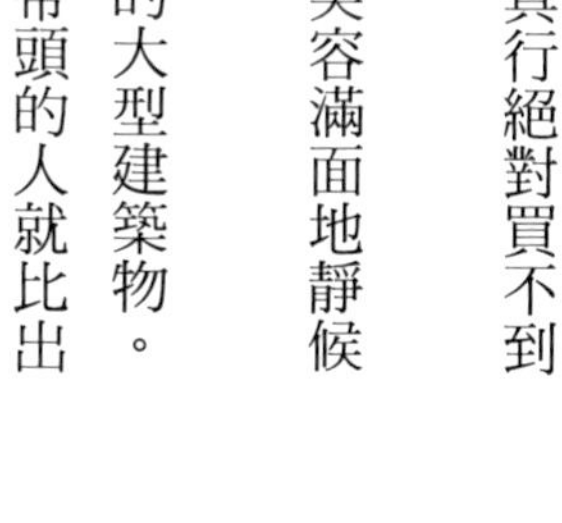

「請坐。」帶頭的男人示意大家坐在屋子中央的沙發，另一人已經用圓盤端出六杯茶水，彬彬有禮擺放在桌上，動作優雅，笑容可掬。「請慢用，待會還有兩位朋友要過來。」

「請問，這到底是什麼地方啊？」

「這是台灣農場，這裡有越南人、泰國人、菲律賓人、印尼人，台灣老闆請我們來這裡工作。」接待的年輕男子華語相當流利，有如學校裡的老師，「每個國家都是一百五十人，總共六百個員工。」

「六百個員工的農場！」四個人齊聲驚呼，不約而同從沙發上站了起來。「台灣農場的面積到底有多大？」

「總共一萬公頃。」接待員略彎腰，笑嘻嘻地回答。

「一萬公頃！」四個人才剛坐下，立刻又從沙發上彈跳起來。

「是的，一萬公頃，我們現在的位置，這片遍布細流的青草平原，就是台灣農場外籍員工的宿舍與休閒教育中心，歡迎你們來參觀。等陳祕書過來幫大家簡要介紹台灣農場之後，我馬上就會帶你們到來賓招待區和餐廳。祝福大家今晚能有個甜甜的夢，明天帶著飽滿的精神，展開愉悅的行程。」

「嗨！你們怎麼也來這裡？」

四人回頭，學校裡那一對經常在團康活動中當主持人的男女同學，林子奇與林華就站在他們背後高呼，身旁陪伴著一位身材高大，一臉慈祥笑容的中年女子。

四、農場地圖

陳祕書引導六人走進那棟三層樓木造房屋的大廳，帶大家來到左側的一間長型房間。

尚未跨入房間大門，他們就看出這是一間頗具規模的圖書館，左右兩側大大窗戶拔地而起，直衝屋頂，右側窗外幾棵高大樹木沙沙輕響。室內潔淨明亮，一排排木製書櫃陳列在中間通道，每個書櫃的上頭一定都擺放著幾盆盛開花卉。

眾人好奇瀏覽書架上各國書籍，林子奇卻一進門就被圖書館盡頭另一邊大牆上那幅台灣地圖吸引住了。那幅立體的地圖從地板一直延伸到屋頂，整座牆壁上別無他物，就只有這幅面積驚人的大型地圖。

眾人還在書櫃中驚奇流連，林子奇就已經大步走過閱覽區的桌椅，衝到地圖前。他專注地打量地圖中的標識，卻訝異得難以自持。因為台灣地圖四

周的海洋不是習慣所見的蔚藍色，而是全部以灰暗色標示，海水中都是一些都市或村莊的名稱。這些都市，他一向熟悉，但是很多村莊部落的名稱卻是第一次看到。

但是，這些地名應該是標示在台灣陸地上啊，這幅巨大地圖怎麼會將這些都市和村落擺在海洋之中呢？難不成，那些都是地質激烈變動之後沉睡在海底的史前台灣古老聚落？果真如此，那麼，早在遠古時代，居住在此的原住民就已經取好現在台灣的城市與鄉村的名稱？而我們只是沿襲或是抄襲古老民族的文化遺產？

林子奇繼續在台灣陸地上搜尋，發現他一貫熟悉的山岳通通不見了，整幅地圖幾乎都是平面，只見在南投位置上有三個隆起的區塊，中間那一塊最突出，比其他兩塊高出有好幾倍。

他瞇著眼睛，端詳了好一會才看出最高那個區塊寫著「水源」，另兩個區塊上分別寫著「辦公室、員工宿舍」和「來賓招待區」。

台灣島四周用綠色線條標示，粗細不一，但是以又寬又長的線條居多，細線只是斷斷續續穿插其間，聯繫起四周蜿蜒的粗線。綠色粗線條旁偶見幾個小高點，上面分別寫著「榕樹」、「樟樹」、「苦楝」、「台灣欒樹」、

「莿桐」、「楓樹」、「龍眼」、「荔枝」、「芒果」、「茄苳」、「椰子」、「松樹」、「梅樹」。

四周的綠色曲線有著數不清的大大小小線條連結到地圖中間三個隆起的區塊，這些細線條忽而粗如台灣四周的綠色線條，忽而細如蠶絲，在地圖上曲曲轉轉，蠶絲上有時出現幾個橢圓形小點，有時卻是點畫著不規則的長條形。

地圖上的顏色分為好幾區域，有些區域是亮麗的金黃色，有些則是呈現翠綠光澤，片片墨綠與點點湛藍穿插其中。林子奇越看越迷糊，怎麼跟地理老師教的完全不一樣？

黃綠色相互間雜的區域裡畫著一絲絲藍色細線條，這些線條在墨綠底色中交織成不規則的井字形，非常醒目。這黃綠混雜的顏色立即讓林子奇聯想起剛剛和林華望向構樹林時所見的那片令人目不暇給的彩色原野。

「我很榮幸跟大家介紹這一幅地圖。」陳祕書不知何時已經帶領眾人來到林子奇的背後，她突然出聲，讓林子奇嚇了一跳，惹來眾人一陣笑聲。

「這是農場的地圖。」

「應該是台灣地圖吧？」林子奇還是一臉狐疑在地圖上專注搜尋，他沒

出聲，其他五人則異口同聲質疑陳祕書。

「不，這就是農場的地圖。」陳祕書笑一笑，拿出一枝光電筆，地圖上出現一個光點，像一隻螢火蟲，飛快在台灣地圖上繞了一圈：「這片面積一萬公頃的農場，環繞它四周界線所呈現的樣子，就是我們一向所熟悉的台灣島嶼形狀。」

「四周綠色的粗線就是環繞農場的河流，你們看，河流旁標示的植物名稱就是該區域所種植的大面積樹林。」陳祕書綻開一朵有如燦爛陽光的笑顏，神色飛揚：「農場內的每一條大小水道一定都會連結著四周的河流，沒有被孤立的湖泊，也沒有停滯的死水。」

「中間這塊高地就是一座五百公尺高的山丘，你們在農場內任何角落所見的每一滴水，每一條細細流水，每一道寬闊野溪，通通是來自這座人工山丘頂點上的一百支大口徑的水管，不論有沒有雨水降臨，從山上一路而來的泉水在土壤底層汩汩傳送活力，湧動不歇息。」

「台灣西部平原狹長，中央山脈又是如此高聳，雨水很難保存在河流中，絕大多數的天降甘霖都會快速衝入台灣海峽，而被稱之為伏流的地下水也土壤中緩緩滲入大海。」

「我們在一萬公頃的農場設置一百個抽水馬達，抽出一部分即將流入大海的地下伏流，泉水先是在山腰上的水潭上集中，再經過幾次轉送，逐步送上五百公尺的山上，再讓這些泉水慢慢流下，沿途滋潤農場裡每一棵草木，每一隻動物，每一個員工。」

「一旁幾塊凸出的部位就是目前我們所站的位置，這是員工宿舍，員工休閒與娛樂教育中心，以及安排今晚你們休息的來賓招待區。」

「辦公室，工具設備室，醫療室，儲藏室。」

「羊寮，牛棚，鹿寮，豬舍。」光點在地圖上飛快指出一處處標示明顯的區塊。

「榕樹，樟樹，苦楝，台灣欒樹，莿桐，楓樹，龍眼，荔枝，芒果，茄苳，椰子，松樹，梅樹。」陳祕書此時刻意放慢說話的速度，大概是擔心這六位同學一時難以釐清多種樹木的名稱。「四周綠色的粗線就是環繞農場的河流，每個段落都有不同樹種的大面積樹林，嗯，說它們是森林也不為過。」

「晚餐前，我很榮幸為大家簡要說明台灣農場的創立過程。」陳祕書一臉亮麗，面對這六位年齡小她一大截的國中學生，她並未草草應付，而是以

專注的態度引導大家撥開迷霧。「台灣農場是我們幾位老闆合力創設，大家在中年事業有成之後，陸續買進貧瘠荒地，一片接一片，一區接著一區，花了好幾年的時間，經過多少挫折，總算建立起這片農場的雛形。」

「開始逐批買地時，我們就陸續從東南亞幾個國家引進勞工，有男有女，各種技術勞工都有：鑿井師傅，開怪手的，卡車司機，水電師傅，木匠，裁縫師，油漆師傅，土木工程師，廚師，屠宰場師傅，甚至還請來醫師與護理師，以便照顧這六百位外國朋友和少數幾位台灣籍的員工與幹部。」

「怪手沿著土地四周挖起土石，成了一條條環繞著大片土地的深溝，寬有數十米，兩旁由淺漸深，中間最低處深達十五米，側面望去，宛如兩排梯田，灌滿水，這就變成一條圍繞農場的美麗河流了。」

「挖出的土石絕大多數就堆在農地中央，成了一座高約五百公尺的巨大土堆，和一些小丘，從遠處看過來，儼然就是一座座高低相疊的山巒。為了強化這些人造山峰的結構，我們先在堆高過程中，插上無數強韌的鑽孔竹枝，等山巒完成之後，種下數以萬計的樹木，到時再由泥土裡綿密交錯的樹根接棒，鞏固這些神奇的人造山脈。」

「山丘上處處留有平坦的土地，上面布滿一條條深淺不一，寬窄各異的溝洫，有些像一條小路，難以跳過去，有些卻只有一本書那麼寬，一抬腿就能輕鬆跨越；有些深度只到腳踝，有些則挖到膝蓋那麼深。」

「曾經在此揮霍濃郁清香的繁茂野草已不見蹤跡，炙熱太陽在挖起的砂石上鍍上一層毒辣辣的光膜，讓光禿禿農地看起來又更顯荒涼了。」

「陸續買進農地，一路引進外國朋友與台灣員工，台灣農場到最後變成三個主要區塊：第一，環繞著土地的深溝；第二，位處農地中央，由挖出的土石堆積而成的高低山丘；第三部分就是山巒和四周深溝之間的平整地面。」

「鑿井師傅將出水口設在農場最高處，也就是那座五百公尺山丘的中間。」

「怪手動工後，從地層裡挖出好幾百卡車的巨石，那些大小石頭就堆在山丘的中央，形成一座座精巧迷你的巉巖峭壁。數支大口徑的水管發出愉悅的呼呼聲響，日夜不停，噴出涼透心扉的澎湃水花，撞擊著擺放在出水口的巨石，四散飛揚的水花在山坡上剛種下的樹林中暈染出夢幻般的白霧，迎面而來的和風摻揉著清涼水氣，轟轟水聲中還隱隱流晃著啁啾鳥鳴。」

「地下水在巨石堆成的峭壁間翻滾，轉眼形成山澗急流，泉水在一層又

一層的岩石之間翻落跌滾，先來到一漥又一窪的小潭裡稍作歇留，等小潭飽漲，又繼續唱著快活的歌聲往下奔流。」

「泉水流出巨石交疊的迷你小山嶺後，隨即在山丘上深淺不一的溝洫裡四處溜轉，鳥群隨之聚集，悅耳水聲陪伴著啁啾之鳴，兩種天然曲調在這片農地上縱情喧嘩。」

「從啟動電源開始，幾位老闆的腳步就一直跟著水流移動，泉水流淌到哪條小溝，大家就跟上去，個個笑意燦然，就像綻放在處處大小石頭間的朵朵水花。」

「原來，小木屋四周大小河道裡的流水，就是從那座五百公尺山丘上一路湧動而來。」六個人沉醉在虛實難辨的境遇，此時猶似集體進入虔誠儀式的信眾，異口同聲發出讚嘆。

「我很高興為大家解答，是的，所有大家在這片一萬公頃土地見到的每一滴流水，不管是大小湖泊或是大小支流，不管是員工宿舍裡的盥洗水源或是廚房裡的烹飪用水，都是從那座五百公尺山丘上最高點的一整排大水管流動而來。」陳祕書神色更加飛揚，似乎為六位國中生能迅速了解農場狀況而振奮。

「細流蜿蜒其上，甘泉潺潺而行，開始撫繞著這片荒郊上的貧瘠土地。泉水在一處處山坡翻落而下，形成一座座千姿百態的大小瀑布，衝下瀑布的水流，立即在地面上交錯盤結的淺溝中漫漶而去，左納右匯，不出幾天的時間，平地上就出現一條條大小溪流。泉水在山丘和地面上曲曲轉轉的大小支流四處流淌，到最後，衝入環繞農地四周，深有十五米的大壕溝中。」

「每一條挖出來的大溝小溝都已滿載著清涼泉水，就連環繞農地的大壕溝也已經滿水位，綿綿水波隨風晃漾，環繞農場的醜陋大壕溝搖身一變，成了有著豐沛流水的大河，彷彿是一襲旖旎蜿蜒的碧綠綢布。」

「水域脈脈相通，粼粼波光孕育了遍地繽紛，從台灣各地買來的魚、蝦、蟹、鱉、鰻的幼苗轉眼繁衍成群，四處洄游，就在四個國籍朋友飄颺天際的歡樂歌謠聲中，從各地買來的各種樹苗也很快就立足於農場裡每一個角落。」

「水流充沛，小樹轉眼成林，風神在林梢起舞，宛如踏浪而來，小溪涓流的淙淙聲響縈繞林間，清脆悅耳，一個蓊鬱茂盛的綠色國度就在這山腳下的荒野中迸躍而出。站在農場的任一角落，綿延的高低巒峰盡收眼底，煙嵐含黛，群鳥振翅在碧綠林間。」

「白森森的土石溝此時都已經滿載清涼泉水，在各樣果樹蒼翠身影的掩映之下，變成絲縷不絕的幽靜水道，泉水咕嚕咕嚕，在大小石縫中輕輕哼唱著，漫步在枝枒之間，渾身像是浸沐在薰香的花果氣息中。」

說到這裡，陳祕書彷彿也隨著大家為這片世外桃源而心往神馳，她瞇著眼，雙掌交握在胸前。

「鴨子！」在場七個人，個個眼神迷離，也不知是誰先爆出這句話，隨即，所有的人都睜大眼睛。

「鴨子！」陳祕書又接著喊了一聲鴨子，她提高音量，將六人正神遊在世外桃源中的心魂喚醒，「你們知道北方雁鴨會飛來台灣避冬嗎？」

「聽過，但沒見過！」六人語氣中充滿欣喜振奮，同時也立即察覺，剛剛接連兩次喊出鴨子的人其實就是陳祕書！

陳祕書以詩情畫意般的文詞緩緩交代過台灣農場的創設過成後，立即換上另一種輕快神態，語氣飛揚，肢體語言也轉趨活潑暢快：「農場剛建立時，水中樹下，都是從各縣市買來的台灣種土鴨，後來，每年秋冬時節都有從西伯利亞飛來過冬的雁鴨停留下來跟台灣土鴨交配，這裡的鴨種一直在變化，羽毛呈現多種顏色，肉質也越來越甜美。」

「水中生物因為有鴨子的排泄物而快速繁殖，河中大小魚蝦蟹又提供鴨子最豐盛的覓食機會，這裡的鴨子從不餵食人工飼料，肉質不但比那些擠在擁擠農寮的鴨子鮮美，在市場上更被視為天然無汙染的高級肉品。」

「最棒的是，年年有新夥伴從國外飛進來，加入這個大家庭，長期混血交流，基因庫豐富，因而孕育出更優秀的物種！」陳祕書指向屋外一間白色木造建築，原來那就是獸醫中心。「台灣農場裡的百萬隻鴨子幾乎都不必獸醫操心，牠們健康活潑，傳統養殖場所常見的傳染病從未在此肆虐過！」

「百萬隻鴨子！天啊！」六位同學齊聲歡呼。

「對！台灣農場四周圍的大河道豐沛的流水上，以及一段段森林遮天蔽日的樹蔭下，到處都是自然繁衍的鴨子，我們不蓋鴨寮，風雨來臨，跨越大小河道的橋樑下方就變成庇護所。」

「養鴨賺錢，水中生物自然繁衍，從不餵食人工飼料的野生魚、蝦、鱉、鰻魚、螃蟹比傳統養殖場的產物更受市場歡迎，陸續進帳，我們就一直把部分營收用在收購附近農地。就這樣，土地不斷擴充，水域增加面積，鴨子越養越多，而樹林跟蔬果也在鴨糞的滋養之下快速成長。」

「你們在台灣農場看到的大樹，生長速度都比在學校、公園的植物還要

驚人，而且更加繁茂，就是因為這裡地下水泉充沛，再加上數量無法計算的雞鴨鵝牛羊鹿四處走走，到處逛逛，這邊吃吃，那邊喝喝，牠們的排泄物提供農場最天然的肥料。土地健康，在這裡立足的生物，不管是人，是動物，是植物，當然就比別的地方更快樂、更活潑！」

「同學們，不一定要有萬貫家財才能實現偉大夢想。當初，幾個老闆就從這所農場跨出第一步，雖然只是一小步，但是在每位老闆的心中，都是孕育著一顆足以茁壯成濃密大樹的愛心種子。一開始，這顆種子也許微不足道，但是偉大的夢想可以由此起飛，進而擴散到全世界。」

六位同學你看我，我看你，一臉茫然。這類型的話在學校好像經常聽師長提起，尤其是校長，常常跟大家描繪台灣早年的困頓與東南亞幾個國家目前的貧窮，但是大家一時還難以體會陳祕書此時的心志。

愛心？夢想？不就是大農場，跟愛心與偉大夢想扯得上關係嗎？還要擴散到全世界？難不成，這個台灣農場是麥當勞或是可口可樂、蘋果電腦或是微軟投資的關係企業？

「吃飯了！」眾人還陷在迷糊之中，陳祕書突然高喊一聲「吃飯了」，大家不約而同伸個心滿意足的大懶腰，露出陽光般的笑容。

「跟我走！今天先說到這裡，吃過飯後大家在來賓招待區，休息一晚。今晚先看看員工宿舍與休閒教育中心，睡個甜甜的覺，把整座台灣農場的美景與你們這些日子許下的願景帶入夢中。明天會帶你們到每一個區域參觀，或者，你們想自己結隊到處走走，這也可以。」

五、用餐

餐廳就在宿舍區後方，隔著一條河流，碎石橋面兩旁依然是滿布綠草與野花，高大芒果樹羅列，水中岸邊幾顆芒果載浮載沉。天色已暗，卻能看見幾隻小鳥忙碌啄食著。

六人來到餐廳，農場的員工已經陸續進來開始用餐。這是供應超過六百員工與幹部用餐的大型聚會場所，裡頭卻有如私人俱樂部的高級餐廳：厚重堅實的木製桌椅，光潔溫潤的木頭地板，明亮乾淨的大型窗戶，飄逸在每一角落的悠揚樂曲與用餐時款款交談之聲交織成溫煦的幸福況味。提供數百人一起用餐的大型忙碌場所，流轉其中的卻是令人心醉神迷的寧靜氣氛。

餐廳一邊是廚房，約佔三分之一的面積，一長排明亮的大片玻璃窗隔開用餐區與烹飪區。廚房中間延伸出一座寬約十米、長約三十米的U形吧檯，從廚房一直展延到餐廳的中央。U形吧檯中間的通道不斷有戴著白帽與口罩

的廚房工作人員推著小車子來來去去，一盤盤熱騰騰、香噴噴的食物陸續擺上來，一個個空盤子不斷被收回廚房內一長排水龍頭下。

用餐區三面牆壁的窗戶下懸掛著長排方形櫃子，不見編號，除了幾個中文名字之外，還可以看到幾種外國文字，包括英文。大家原以為那全是菲律賓員工的櫃子，但是一些綁著頭巾的印尼女子也走到這類櫃子前。林子奇這才想起他住的大樓裡一位印傭手中拿的印尼書籍也是英文字母。還有一種比較少見的文字，他們猜，那大概是泰國文字；越南文，辨識就沒問題了，因為台灣街頭經常可看見越南女子經營的麵攤，招牌上就可以看到這類文字。

那些文字應該都是員工的名字。櫃子無鑰匙孔，只有把手。員工陸陸續續來到餐廳，拉開門，拿出一個不鏽鋼餐盤與碗筷，還有一個亮晶晶的陶瓷杯子，餐具在明亮日光燈映照之下發出閃閃光澤。

每張餐桌可供十人用餐，男女不分桌，國家無界線。幾個菲律賓人對面坐著幾個印尼人，越南人一旁坐著泰國人，他們發現這些來自不同國家、說著不同語言的員工竟然都能相互交談，更讓大家目瞪口呆的是有些人能用台語或客家話溝通。

U形吧檯上除了幾樣傳統的台灣料理，他們在越南料理區拿到炒河粉和米紙春捲，在泰國料理區拿一些檸檬蒸魚、幾片月亮蝦餅、一碗青木瓜沙拉，在菲律賓料理區夾一塊甜米糕、一碗酸湯，從一個塞滿配料的鳳梨裡頭舀起一些酸甜米飯，在印尼料理區拿一些黃薑飯、一點咖哩飯。

至於台灣料理呢？呵，他們根本就不想碰，還相互扮個鬼臉。

百香果汁，椰子水，檸檬汁，橘子水，各式奶品，各類咖啡，各樣水果，一應俱全。

六人也沒討論，拿好菜餚就主動分開，各自與外勞坐在一起用餐。

林子奇身旁坐著一位泰國女子，笑容靦腆，卻是目光炯炯，眼神充滿自信的光澤，不知要稱她姊姊還是阿姨，林子奇只好傻笑一聲，只說聲嗨，就自各埋頭苦幹。

「妳多久沒回家了？想不想妳的家人？」林華一開口就展露主持人的風格，她一坐下來就問起身旁一位越南女子。

她擱下筷子，朝著林華露出燦爛笑容：「在台灣的外籍勞工，不管是在家庭幫傭或是在工廠工作，幾乎都是一兩年才能回國一次，有的甚至是三年才能再次搭飛機回家看看家人與朋友。我們老闆卻是每三個月就讓大家輪流回國，而且，機票都是由農場負責。」

「回國前幾天，老闆還給我們一些零用錢，讓我們在農場福利社買一些糖果、餅乾或是生活用品帶回物資匱乏的家鄉。那些在台灣被視為稀鬆平常的簡單物資，帶回家鄉，立刻變成令人雀躍的稀珍禮物。」

「我有一個願望，就是將老闆教給我們的技術帶回國，在我們的家鄉建設同樣模式的農場，讓自己的同胞進來工作，大家都能不愁吃穿。也因為經由農場提供的工作機會，讓每個員工的小孩都能接受完整教育。」

「規模雖然不可能跟老闆的一樣大，但是一樣可以讓很多貧窮的同胞有工作的機會和提供整個村落足夠的營養，而且能有更好的醫療與衛生資源。」

「我們都有一個共同的願望，在台灣，我們在台灣農場一面工作，一面學習，以後回越南，我們也可以集合眾人的力量，成立越南農場。一方面，可以學習台灣農場的經營模式，邀請更貧窮國家，如非洲，或中南美洲的年輕人來經營，然後他們又將經驗、技術、資金移植到自己的國家，讓更多的兒童、婦人、老人都能溫飽，都能享受教育和醫療衛生的照顧。」這個越南人一口流暢的中文，陳燕凌料想她可能跟班上一位同學的媽媽一樣，是越南的華人，沒來台灣之前就已經在越南接受過中文教育了。

「是的，我們會成立印尼農場，在農場內成立圖書館、簡易醫療站，建立印尼特色的農場，提供故鄉工作機會，然後再推廣到其他國家。」一位印尼員工端著餐盤加入這一桌。

「我們會成立菲律賓農場。」又有一位菲律賓員工端著咖啡跟他們湊在一桌。

「我們要成立泰國農場。」一位泰國員工已吃飽，正喝著果汁，朝陳燕凌舉手。

「你們都習慣富裕豐盛的日子，進入學校接受九年教育猶如天經地義，也許不知道在全世界尚有很多國家地區的孩童，別說是揹著書包上學，對他們來說，就連一枝鉛筆、一本簿子都是奢侈品。」一位跟他同桌的台灣幹部本來都默默聽著他們的交談，這時才穿插進來，幫這些外國員工的願景做進一步解釋。

「更多貧窮國家分布在各大洲、各大洋，那些孩童難以溫飽，設立農場不但提供大人工作機會，創造收益，同學，你們知道嗎？還能幫助他們的孩子可以跟你們一樣進入學校，可以跟你們一樣期待著美滿的未來。」

幾個同學剛進餐廳時一時誤判，拿了太多的菜餚，本來都已吃撐了，聽

這四個國家的員工和幾個台灣幹部娓娓道來，六個人雖分坐六桌，竟然不約而同奮力將盤中食物一掃而空。

用完晚餐的員工，用湯匙將餐盤上的殘餚刮下，倒入屋外幾個大桶子，大家站在水龍頭前清洗自己的餐具之後，再將它們放回櫃子裡。

「剩菜都是由豬隻負責善後，農場養了不少豬，從來不餵食人工飼料，只吃廚餘和蔬果。」

「印尼的穆斯林怎麼辦？聽說回教世界不吃豬肉，也不碰豬隻？」李靜宜回頭看看幾位綁著頭巾的女子。

「豬舍那邊的工作，老闆幹部從不會派我們過去，而且豬肉料理一定都是用專用鍋具處理，絕對不會混雜在一起，我們很放心。」坐在她對面的一位印尼男子燦然一笑，還伸出一掌，略彎著腰，示意要幫她再倒一杯果汁。

六、來賓招待所

吃過晚飯後，六人隨著接待員回到來賓招待區。進入房舍區之前先經過一處平坦草地，幾顆中間挖空的大石頭豎立在綠草之間，幾乎平貼著地面的幾盞小燈泡全然亮起，青翠草皮上宛若灑落著遍地明亮的星星。幾個台灣人坐在橢圓形大洞上聊天，男女老幼，有人朝著他們舉手致意，看來都是來台灣農場度假或是和他們一樣迷路在這片遼闊農場的不速之客。

六個人一直納悶著，那些大石頭是如何鏤空的？為何那些穿透大石頭的橢圓形大洞的每一處線條都是如此柔順，絲毫不見人工雕琢的痕跡？巨石有好幾百顆，豎立在青青草原上，那些造型奇妙獨特的椅子，流露著大自然風味的藝術傑作，更為灑落著遍地明亮的星星草皮增添不少夢幻般的氣氛。

接待員引導他們進入那間林子奇和林華早一步進入更衣的小木屋，房舍內有六個房間和一個小客廳，他簡單交代屋內設備之後就先行離去。

打開所有窗戶，迎進一室和風，窗外不遠處一長排高大樹木，樹冠直衝天空。

一棟棟雅致小木屋，交叉錯落在數百棵低矮樹木與綿綿密密的水道之間，淙淙流水，脈脈相連。六位同學才梳洗完畢就立刻衝出小木屋，不勝欣喜地欣賞腳下大小繁花和四處流淌的潔淨流水。在那數百棵低矮越橘的花園盡頭，那三排長長石階正在夜色中揮灑著有如彈奏鋼琴小夜曲般的叮咚水聲。

裝設在石階內的燈泡全然亮起，垂掛著三層水簾的狹長形池塘變成燈火通明的夢幻舞台，他們在株株越橘之間來回繞圈，讚嘆那有如澎湃浪花洶湧舞動的濃郁花香；他們奔跑於豎立著大石頭的青草地，在那有如灑落著遍地明亮星星的草皮上追逐嬉戲。先是幾位同年齡層的學生加入他們的歡愉行列，一些幼童隨即用鈴聲般的笑語融入他們的歡樂隊伍，長輩們則在一旁呵呵笑著。

隊伍越來越長，他們一起唱著歌，跨著輕盈腳步，穿越青草地，來到一片湧動著層層濃郁香氣的果園。

泉水在深淺不一、寬窄互異的溝裡流晃著，月娘灑下晶亮的光，映照出銀色水波。樹梢在微風拂弄之下，傾吐著宛若銀鈴般的細語。月光滑落大小樹木的葉縫，輕觸著溫暖豐腴的土地，輕撫著這一群活潑快樂的天使。

各種水果樹處處散置，大家竭盡所知，一一叫出果樹的名稱：梅子樹，無花果，杏樹，李子樹，桃樹，奇異果，櫻桃，柑橘，柳橙，檸檬，酪梨，橄欖，香蕉，芒果，荔枝，龍眼，楊桃，藍莓，覆盆子，草莓，枇杷，洛神，仙楂，梨子，番石榴，釋迦，葡萄，棗子，李子，柚子，文旦，百香果，紅龍果。

繁星高掛，呢喃溪水承載著一簇簇光影。從大小支流中飄搖而來的霧氣在月光的烘托之下，彷彿幻化成一艘艘乘載著眾人歡樂聲息的銀白色小舟，緩緩在樹林間來回擺渡。

水流充沛，風神在林梢起舞，宛如踏浪而來，小溪的淙淙聲響縈繞林間，清脆悅耳。螢火蟲提著萬千燈籠，更將這裡點化成有如是小精靈歡聚嬉戲的夢幻仙境。

「哇！螢火蟲在變魔術了！」一位幼童的歡呼將所有人的目光吸引到一個大池塘的上方。

螢火蟲先是排成一個小小的愛心圖案，馬上，就有更多螢火蟲加入隊

伍。哇！心形慢慢擴大，變出一個大大的愛心，四周一閃一閃跳動著，有如是一顆蘊藏著飽滿生命力的健康心臟。

螢火蟲先是排成一個小小的微笑圖案，馬上，就有更多螢火蟲加入隊伍。哇！配上微笑曲線上方兩個圓圈，微笑圖案越來越大，馬上就變成拉到雙耳旁的開懷暢笑。

螢火蟲先是排成一個小小的台灣圖案，馬上，就有更多螢火蟲加入隊伍。哇！台灣越來越大，四周閃耀著忽明忽暗的螢光，好像是湧動在海岸線的細碎浪花。

螢火蟲先是排成幾個小小的兒童圖案，馬上，就有更多螢火蟲加入隊伍。哇！兒童不斷長高，他們笑得多陽光啊，大家慢慢變成健壯的成人，跨出大步，衝出閃耀著忽明忽暗的台灣圖案四周，邁向天空，帶著串串愛心及彎彎微笑，往四面八方飛馳而去。

七、外籍勞工宿舍、福利社與教學廳

穿過那一片由各種水果樹的奇妙樹林，大小朋友又回到家人身旁。六人走過一座處處綠草與野花的長橋，無柏油橋面，亦無護欄，幾棵巨大楓樹構築成邊欄。溪水幾乎是平貼著橋面，豐沛流水嘩嘩作響，橋寬可供多輛腳踏車同時通過。過了橋，一片平坦的青草綠地展露在眼前，白色房舍林立，每一間都是簡約風格的兩層樓建築，不見豪華，卻處處流露著雅致品味。

小細流密布在綠地上，蜿蜒流轉在每一間房舍旁，窗戶下就是乾淨水流，荷花與水草妝點出萬千風情。巨大的鏤空石頭豎立在草地中、房舍旁，而鏤空的圓洞上都坐著正在聊天的外國員工。

白色房舍林立的員工宿舍區只有幾扇窗戶點起稀疏的燈火，而矗立在中間那一棟三層樓的大型建築物所有燈光卻已經全部亮起。一樓桌子旁座無虛席，圍棋、跳棋、象棋的對弈局面吸引最多圍觀者，撲克牌桌和各式各樣桌

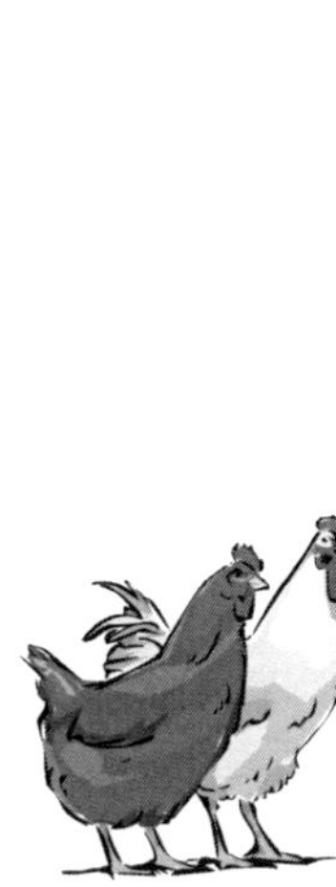

上型娛樂器材都已有不少人群聚集，處處可聞歡笑聲息。

圖書館內，大幅台灣農場地圖下的桌旁也已坐滿來自四個國家的員工，櫃檯旁正在辦理借書手續的男女排成一列輕聲細語的隊伍，幾位剛剛與他們共桌用餐的男女朝六人舉手致意。

他們由一座全是由粗曠木頭架設而成的寬闊樓梯來到樓上，二樓中間排放整齊木製桌椅。這裡跟一樓圖書館閱覽室稍有不同，書架上以語言雜誌和光碟居多，外國勞工翻閱著各國教材與刊物，不少人抬起頭來朝著他們微笑致意。

閱覽室四周環繞著一間間教室，門扉上懸掛著木板告示牌。

「你們別以為這些東南亞年輕人都識字，在農場工作的這些人，不論男女，很多在他們的家鄉都沒有機會進入學校，都是來到這裡才開始讀書識字。」

「老闆規定他們一定要懂自己國家的文字，所以，這些二十來歲的年輕人很多都是來到這裡才開始接受在他們國家屬於小學一年級的課程。」接待員也很清楚，這六位把九年義務教育當作理所當然的國中學生一時很難相信這些二十來歲的和善外國人竟然有不少是完全不識字的文盲。他稍稍停了一下，展露著笑容，靜候預期的目瞪口呆的神色，接著，他神色轉趨嚴肅。

接待員此時的神態有如學校裡的老師，用字遣詞帶著幾分莊嚴：「不只是在家鄉失學的員工必須接受基礎教育，台灣農場還規定識字的人一定要在這裡接受更高等的課程，也就是說，必須再進修，回國後，才能更進一步引導當地無法接受教育的人識字、閱讀，換句話說：他們回國後必須在家鄉當起義務老師。」

「工作一天，都累了，吃完晚飯後，他們還願意來上課嗎？」大家一臉狐疑，想起在學校，只要老師派出的家庭作業稍微多了一些，就有人抱怨，甚至還當場抗議，這些外國員工會那麼用功嗎？

「喔，你們都已經習慣豐富的教育資源，所以不知道他們有多高興啊！」

「都已經二十來歲了，第一次在這裡拿到在他們家鄉屬於小學一年級的課本時，不論男女，很多人竟然當場高興得一直擦眼淚。」

「此外，華語一定要多少懂一些，至於英文、日文、法文、西班牙文，悉聽尊便。」接待員逐一打開教室的木門，一一為他們介紹每間教室的功能。

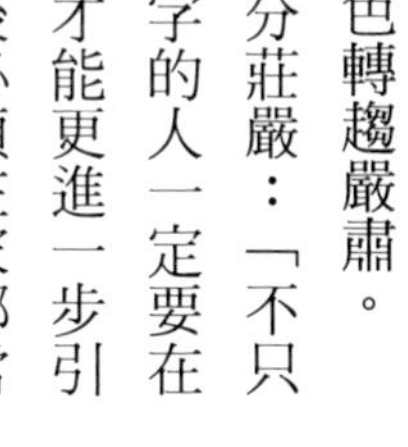

「每晚都有課程，我發現他們對法文和英文比較有興趣。也有不少人喜歡學台語，來報名客家話的人也不少，尤其是印尼籍的員工。他們說，在印尼家鄉有不少說客家話的華裔族群，他們很希望回故鄉後能秀一下，讓那些人大吃一驚。」

「喔，怪不得剛剛在餐廳還聽到有人用台語和客家話在交談，可是又不覺得他們是台灣籍的員工，腔調怪怪的。」

往三樓的寬闊樓梯一樣全是由粗曠木頭架設而成，還未接近，就隱約可聽到混雜著各樣節奏的吆喝聲響，有男人的陽剛呼嘯，也有女性的尖細叫聲，讓他們想起在學校裡有些社團在禮堂訓練、活動時所發出的各式各樣吼聲。

「請，三樓是武術中心。」接待員比出一個手勢，還沒上樓就先為他們解開心中疑惑，「樓上有日本劍道、跆拳、太極拳、中國劍術、空手道的課程，各種武術都有聘請專人教導。這裡的員工，不管男女，我們希望每人都能學得一身防身術，最好是回國後能帶領他們的村民習武強身，這也可以算是多培育他們一技之長。」

上了三樓，果真每個角落都有穿著運動服裝的男女。看大家在木質地板上奔躍、跳動，六個人不約而同用一腳踩踩地板，有如一起跳起街舞來了。

接待員莞爾一笑：「別擔心，這棟建築物的地板都是由兩層厚重木板鋪設而成，兩層木板之間留有空隙，隔音效果沒問題，樓下閱讀與上課的人不會受到影響。」

接待員帶領他們走下樓，來到門口，濛濛雨絲開始灑落，空中浸染著沁涼的霧氣，舒適怡人，彷彿預告著今晚大家都能有個甜美的睡眠。

「一旁的建築物就是醫療中心，負責農場內六百多位員工與幹部的身體健康。另一棟則是獸醫與植物醫師的辦公室，負責照護農場內所有動植物的生長狀況。」

接待員才剛解釋完，雨勢突然又加大了，屋外的樹葉在大雨中急遽地上下跳動。濛濛水幕大舉掩至，最後一絲月光倏忽退去。望著窗外飛舞在庭園燈柱旁的濛濛水氣，一間亮著長排燈管的木屋在雨霧中更顯耀眼。

「福利社由員工自行管理，裡頭供應日常生活用品和一些糖果、餅乾之類的點心，那些貨品幾乎都是用來供應即將返國休假的員工採購。」接待員指向那棟在雨霧中發出燦爛燈光的木屋。

才下了幾分鐘的雨，耳際原本只是雨滴敲擊在樹葉、屋頂與草叢時所

發出的沙沙輕響，突然，迴盪在四周的聲息，除了屋外近距離河道的淙淙水聲，還傳來遠方水勢奔流的轟轟聲浪。那節奏是來自那座五百公尺的山峰一路翻落的大小瀑布？還是環繞在農場四周的寬闊河流？

「涓滴細流也能集結成大河，別小看灑落在農場裡的點點雨珠，只要它們匯流在一起，一樣能在遼闊大地展現出雄偉的氣勢。」接待員知道大家迷惑在這不尋常意象，簡單一段話，為他們解惑。

六位同學瞇著眼睛，聆聽由點點雨珠與涓滴細流交譜而成的雄渾節奏。

「所以，並不是需要擁有巨大財富才能幫助他人，即使是一點點小錢，只要大家集結那顆善心，一樣能在世界各地點燃起偉大的夢想。」

回頭，幾位與陳祕書同年齡層的男女站在他們後面，滿臉慈藹笑容看著他們。

八、登山

外頭每一幅景物依舊沉睡在酣夢中，沒有喧嘩的行人，也沒有車輛來回穿梭的呼呼聲響。六點剛過，昏黃路燈在路面上暈染著片片亮澄光澤，晨曦則尚在遠方酡紅的厚重雲層中奮力掙扎。

懸掛在樹上的擴音器先是播放幾句各國語言的問候詞，樂曲接著響起，輕快音符飛揚在宿舍區與來賓接待區。六人走向餐廳，吧檯旁，已經有不少人端著餐盤排隊。各式早餐一應俱全，熱騰騰的牛奶和羊奶、咖啡、茶飲、果汁、麵包、三明治、牛排、豬排、燒餅油條，還供應稀飯。

「校長剛在學校完成的那座假山只要數分鐘就能走完，現在我們要走完這座山，說不定要數小時，哈哈，我們就像是格列佛遊記中進入巨人國的主角一樣，對不對？」吃完早餐，六人就急欲登上那座主山峰，大夥振奮莫名。

從來賓招待區一旁步道走出，眼前隨即出現一片碧綠水域，宛若寬闊河流，又有如寧靜湖面。步道銜接水域，從水底下穿過。

陳祕書帶領大家步入由平板石頭堆砌而成的階梯，準備從水面底下穿越。她大概交代路徑之後就和大家揮手道別：「不必在意時間，午餐時刻不用趕回來，分布在農場每一角落的外國朋友會主動幫你們處理。」

幾隻老鷹飄浮在湖面高空，有如風箏優雅迴旋，無聲無息，一點也不驚擾四周的寧靜。

一走下階梯，眾人就齊聲歡呼：水族箱！

原來，展現在步道兩旁的是由一長排石頭以及玻璃建構而成的超級水族箱！

每片玻璃都有十米寬，五米高，伸手無法觸摸，因為從底座到玻璃尚有一段約莫是一公尺的距離。底座則是用大石塊堆砌而成，很高，幾乎來到腰部，而且底部呈現往內傾斜的型態，就算是好動的小孩子想攀爬上去也很困難。

每片大玻璃都是由一支支方形的巨大柱子連結，每根柱子都有一公尺長的周邊。更讓人目瞪口呆的是連結起兩邊水族箱的圓弧形玻璃！拱形透明玻璃橫跨在頭頂上，魚群游過，宛如在天際翱翔飛旋的鳥兒，大家在通道走動時一直抬頭搜尋浮游而過的大小魚兒。

從水中飛旋而起的不只是頭頂上的一群群魚蝦，陽光充足的明亮水域裡，隨時都可看見不同種類的魚蝦從大小石塊中一一探頭而出，轉眼變成片片飛舞，在水中悠閒飄逸的美麗隊伍。

劉美琪一直無法控制自己的狂喜，眾人都陶醉在兩側及頭頂在水中翩翩起舞的魚群，她卻開始算起這個水族箱到底有多大。手長腳長的她從第一面玻璃開始小跑步算起，一直到管理室旁最後一塊，一百塊，兩旁總共是兩百塊大型玻璃！

也就是說，不把方形柱子算進去，這個水族箱就超過一公里長，兩旁加起來幾乎有二點五公里，再加上在頭頂相連通的水域，天啊！

美琪手舞足蹈，她趴在由巨石堆砌而成的底座上，極目探向水族箱裡面最遠處的岩塊，陽光在水裡折射出五花八門的魔幻色彩，再加上大小各色魚蝦蟹疊疊交錯，她根本無法評估出水族箱的盡頭到底有多遠。

天啊！這是一條穿越湖泊的水中隧道，也就是說：這是裝置在寬闊湖泊中的超級水族箱！

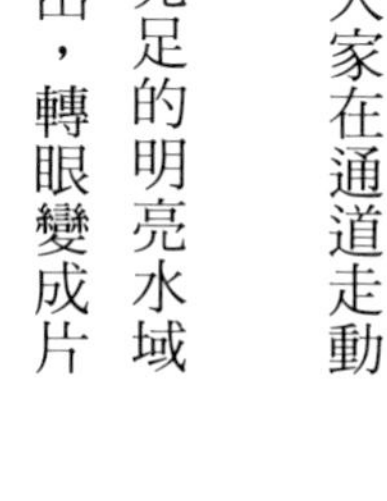

湖水中各種奇石羅列，大小俱全，色調各異，魚兒浮懸一旁，悠然啄食苔蘚水草。水底大小石頭中處處可見魚蝦蟹鰻在水草與石縫中忙進忙出。

一隻貼近玻璃的大蝦子伸出牠的一對長螯，美琪也伸出自己的細長手臂，隔著玻璃跟牠一較長短，竟然發現自己在同學中已經算是手長腳長的她，手臂竟然還比那隻蝦子的長螯還要略遜一籌。

成群結隊的大小魚兒緩緩游過，悠悠哉哉，根本毫不在意大家目瞪口呆的神情，順著飄然水流來來去去。

通過那座長度超過一公里的水族箱，大家來到一處小斜坡，準備登上這座五百公尺高的山丘。

青翠山體從不遠處的山腰上拔升而起，有如和善巨人俯瞰著農場裡的每一棵樹，每條水道，每一位員工。靄靄雲霧隨風漂移，絲絲水花浮懸山腰，幾朵雪白浮雲點綴著湛藍天空，暖暖冬陽，酥人心胸。

山，就在眼前，不用仰首，就能感受到奔騰在山壁的豐沛水流凌空湧送而來的陣陣沁涼。從高處望向原野，大太陽還逗留在巒峰背後，不見蹤影，條條流水跟它要來點點銀波，只見無數亮光在水面上舞動閃爍。

走不了多久，溪水即已映入眼簾。步道幾乎都是在巨大石塊的柔順曲線間蜿蜒遊走，溪澗忽而在大小石堆間潺潺而過，時而從圓滑石坡上嘩嘩灑落。

兩道豐沛水流從一塊巨石的兩側飛下，形成一個水花滾滾的淺潭。幾道白花花的湍急漩渦蹦出水潭後，隨即在一長排巨石的柔順曲線上拉出一條飄逸的溫馴水面。喧囂水聲在此改唱輕歌細語，樹叢又在上頭築起一排蓊鬱的綠色隧道。天啊！實在是很難體會，這些竟然都是由那些外國朋友用一車車從地底挖出來的土石，再加上萬千樹苗所堆砌而成的奇景妙境。

流水經常就在斜坡處來個大轉彎，再從巨石翻下，強烈的地勢落差激發出更奔放的水勢，激揚而起的水花在山坡上的樹叢暈染出夢幻般的靄霧，迎面而來的山風摻揉著清涼水氣，轟轟水聲中流晃著啁啾鳥鳴。

走在溪水相伴、水聲相隨的登山步道，他們不停讚嘆，有時隨興流連，有時又是一路挺進。溪水一下子喃喃地在腳下跟隨，一會又在叢叢老樹的腳下緩緩穿梭，或是在由大小石頭圍聚而成的大小水潭之間繚繞逗留。

沿途盡是大小石頭，或羅列，或散置，形狀各異，處處雅趣。有些滿布青苔，厚薄不一，色調各異，再配上各色蝴蝶棲息其上，宛如置身童話世界；有些大如房舍的石頭被榕樹的氣根團團裹住，有如精靈嬉戲的夢幻國

度；幾塊簇擁在一起的鮮綠石塊上盤據著高大蕨類，一株高聳鐵樹從石堆中拔闖而起，像似傲然不群的壯碩鐵漢。

來到一處落差極大的巨石群，豐沛水花從上方飛撲而下，大片山壁宛如處處都懸吊著隨風擺動的白色簾紗。大氣中浸染著清涼水氣，衣服尚不見濕潤，髮絲卻已先濛上一層霧氣。大家盡情呼吸，讓空氣中飽滿的新鮮氣息不但浸濡全身，而且還能在體內縱情奔流。

這片高懸的瀑布到底有幾道分岔水流？大夥劃定各人負責的區塊，才算了幾下就不約而同放棄，大家呵呵笑著：「何必呢？」

溪水清澈見底，水底大小石頭歷歷可數，細碎青苔順著水流漂漂而來，一如在水中紛飛的點點流星，和爭相啄食的魚群交織出奇幻情景。

來到最高點，這裡是由一群巨大岩石組成，一排有如大砲的水管從一間長形工寮伸出，共有一百支，每次由二十支運作，噴出豐沛泉水。一旁二十支水管滴垂著晶瑩水珠，宛如是二十個擦著汗水、正在一旁休息的勤奮勞工。

大口徑的出水口發出愉悅的呼呼聲響，噴出涼透心扉的強勁泉水，強力撞擊擺在水管前方的大石頭，水花飛揚四散，織譜成雲霧一般的水幕。

泉水在巨石堆成的峭壁間流闖，低鳴的轟轟聲響晃漾開來，形成山澗急流。流水在一層又一層的岩石之間翻滾，先來到一漥又一窪的小潭裡稍作歇留，等小潭飽漲，又繼續唱著快活的歌聲往下奔流。

鳥群聚集，悅耳水聲陪伴著啁啾鳥鳴，兩種天然曲調在這座高有五百米的人造山巒上縱情喧嘩。

「原來台灣農場裡所有電源都是來自這座山峰上瀑布的水力發電，整座農場看不到任何一支電線桿，因為所有電線都是在農場建設其間就已經隱藏在地下。」大家站在一間由水泥蓋成的屋子前，望向屋內一個個儀錶板，確定這裡就是農場電力源頭。

觀賞完整座台灣農場有如夢境般的流水源頭，他們來到一座木製眺望台。林子奇與林華先跑了上去，大家還未爬上來，兩人就朝著遼闊原野歡聲招呼：「大家好！很高興今天有這麼多國家的朋友來到台灣，這座農場能如此迷人，誰的功勞最大？呵呵，每一個外國朋友和台灣員工都是大功臣！」

昨天在圖書室所見的那幅巨大台灣地圖四周所標示的樹種俱在眼前。距

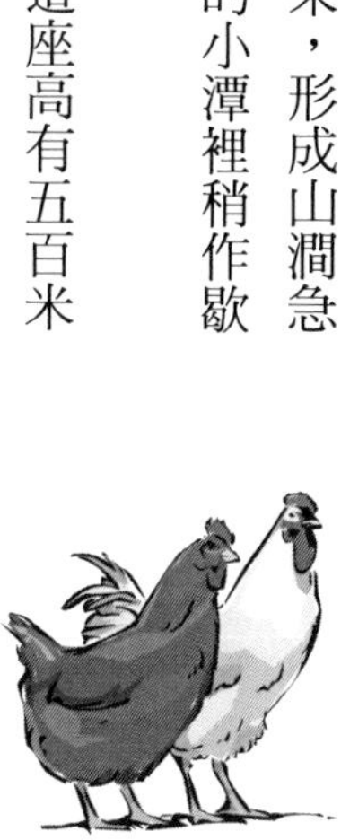

離雖有遠有近，很難在山上辨識出各個段落的樹種，但是陳燕淩的望眼鏡此時發揮了作用，大家輪流探向忽遠忽近的森林，農場周圍約四十公里的人工河流旁俱是茂密叢林！

「榕樹林」、「桃花心木林」，「樟樹林」、「苦楝林」、「台灣欒樹林」、「莿桐林」、「楓樹林」、「龍眼林」、「荔枝林」、「芒果林」、「茄苳」、「椰子樹林」、「松樹林」「梅樹林」，一區區，一段段，在台灣四周圈繞出蜿蜒的翠綠儷影。

「為何有幾棵樹木會如此高大突出？是不是跟我一樣，天生高挑身材就是佔有優勢，特別惹人注目？」劉美琪抓著望眼鏡緊緊不放，她來來回回搜尋，陳燕淩在一旁乾瞪眼，一直不敢跟她要回那支他最寶貝的望眼鏡。

「嗯，那些特別高大的老樹應該是當初台灣農場剛買下田地時，就已經站在這片土地上好久好久的光陰了，老闆當然捨不得挖掉，就這樣保留下那些老樹。」

「還有，我想應該是老闆當初買下土地時，看那塊農地上有什麼老樹，他就決定該段落要種下什麼樹苗，所以，我們現在才會在樟樹林看見好幾百年的老樟樹，你們再看一次桃花心木樹林裡那棵巨無霸，還有，一旁的茄苳樹林，那棵老茄苳大概有五百年的樹齡，對不對？」

「對啊，學校裡剛剛建設好的那片水鄉，所有的大樹也不是陳校長請人來種下的，聽說那幾棵樹，樟樹、莿桐、桃花心木、波羅蜜，都是很早就矗立在學校，但是大家都不注意它們。」

「是啊，我爸爸說，他跟我們同樣讀這所國中的時候，那幾棵樹就已經很高大了，不過都沒有人珍惜它們，連澆水都懶，一棵棵就好像是營養不良的流浪漢，是陳校長來學校後利用原有資源進一步美化，挖水道，做人造山噴泉，挖池塘，才有現在的漂亮景致。」

遼闊曠野中，處處翠綠的農場暈染著五彩繽紛的多樣化色澤，有如是天使隨筆揮灑而出的彩繪大地。凌空眺望，農場四周流透著一抹琉璃般的濃綠，再配上一絲絲水道彎來彎去，就有如是鑲嵌在台灣地圖上的翡翠碧玉。

環繞在農場四周寬闊的河流，全長就約有四十公里，再加上蜿蜒在草原和盤繞在大小人造山丘上的小溪，他們原本還想劃定各人負責的區域，算算台灣農場裡所有的大小水道加起來一共有幾公里，卻還在沒達成協議時就齊聲哈哈大笑著：「何必呢？」大家發揮天馬行空的想像力，各自推測，到最後也只能概估，這些從農場地底伏流所抽出來的水泉，必須流過兩百公里之

上，才能溢入農場外的溪溝或是附近的沼澤裡。

泉水從那座五百公尺的山頂一路出發，以日夜不停的愉悅脈動在這片土地盡情哼唱。這些飛騰在瀑布、穿梭在石縫裡、流淌於大小水道間、奔馳在環繞台灣農場四周寬闊河流中的滴滴水珠，就是滋潤著這片土地的甘泉。有了這座農場，四周的大自然一定更能孕育出適合各種生物繁衍的美麗大地！

一想到大夥能進入如此神奇的土地，每個人都感覺自己彷彿置身仙境，一個個坐了下來，瞇著眼睛，享受風絲拂過身體的歡暢快感。

風兒在曠野緩緩飄搖，那片遼闊草原中湧動著一波波翠綠浪潮，就在風兒搖起草梗時，一個個由水道圈繞而成大小心形陸續浮出。串串愛心圖樣在碧綠大地中忽隱忽現，一個大大的愛心才剛在左上方浮出，右上方突然又出現好幾個小小的愛心。風兒繼續在草原來去迴旋，愛心圖案不斷在每個角落蹦出，有如草原正朝著他們展露怦怦躍動的歡樂心情。

「哇！」大家齊聲讚嘆，紛紛站了起來。

大小心形圖案還在翠綠浪潮中浮浮沉沉，兩個圓形水窪出現在中央部位，草原又露出兩顆大大的眼睛，再加上風兒從牧草中掀開一條小水道，一抹往兩旁彎起的細長曲線就浮現在眼睛下方，彷彿草原正朝著這六人展露出一個大大的笑臉。

「耶！」六人用高聲歡笑回應草原那個大大的笑顏，大家振臂高呼，歡聲雷動。

九、下山了

下山了！來到一處平坦台地，牛棚就在腳下，一片青草地上。粗壯樹幹頂著枝繁葉茂的大樹冠，矗立牛棚一旁。有些水牛徜徉在樹蔭下，有些則成群結隊忙著享用綠草大餐，牛隻碩大的身軀幾乎湮沒在青青草原裡。站在一旁，空氣中浸滿了青草的野性芳香，一陣陣微風從身旁掠過，夾雜著牛糞的腐朽氣息，濃烈氣味撲鼻而來。兩種氣息飄蕩在大地中，就如同和諧的音符層層交疊，一首天然的感官二重唱，繚繞在空曠的山坡上，久久不散。

一聲嘹亮的口令從牛棚內發出，一台台牛車開始從牛棚中出發，除了前方駕駛牛車的人，後座還載著幾個員工和各式農具。牛脖子上的銅鈴叮噹響，牛車上的眾人歡聲唱。

站在高處的六位同學坐了下來，準備休息一下，順便好好體驗農場裡的

員工如何在這片一望無際的田野裡展開工作。

牛車上的人沿途下車工作，他們拿開擋水門，農田翻土後呈現灰色的鬆軟土壤立即暈染上一片深褐色，水從一旁溝渠引進來，慢慢流向農地裡每一個角落，猶如一張慢慢擴大的圖案。

「哇，是老鷹的圖案耶！」

「哇，老鷹越來越大了！」

「哇，你們看！翅膀完全展開了！」

一棵繁茂龍眼樹旁的擋水門被拿開，灌溉流水染出牛群圖案，大大的肚子，壯壯的身軀，似乎還低著頭猛吃著飛快冒出來的青草。

一棵有著無數分岔枝枒的石榴樹下的擋水門被拿開，灌溉流水染出羊群圖案，細細的腿，後仰的角，似乎還不斷長出一撮撮山羊鬍子。

一棵高大蓮霧樹下的擋水門被拿開，灌溉流水染出鹿群圖案，有如枝幹分岔的鹿角飛快長了出來，一旁還不斷浮現出有如一顆顆鹿糞的小圓點。

一棵波蘿蜜樹下的擋水門被拿開，灌溉流水染出豬群圖案，短短的腿，長長的鼻子，似乎還用胖胖的身體相互推擠著。

六個同學就在這片高地上歡呼高跳，每個人不斷發揮出有如卡通人物一般的想像力，爭相指引大家欣賞自己的新發現。

外籍員工的異國歡唱聲響漫天飄散，牛車群消失在遠方地平線上的草原時，啁啾鳥鳴又開始在空中接棒。

灰色的鬆軟土壤逐步全面被暈染成深褐色，農田裡開始漂泛著片片枯草碎屑。

剛剛浮現各種動物圖案的農田慢慢成為一片淺淺水域，一層晶亮水光悄悄浮現，好像是巨人國度的大鏡子。彩雲的倩影從高空翻躍而下，鏡子上因此漂染著繽紛的色調。微風撩過，那飄散的漣漪宛若土地正沉醉在美夢中的絲絲淺笑。漫天飛舞的白鷺鷥緩緩飄下，長喙不斷啄食被淹水逼出家園的蟲隻，農田中頓時飄浮著點點雪白花絮。

十、辦公室

從最高處山頂回到來賓招待區，他們稍稍梳洗一下就衝出房間，準備四處看看，離來賓招待區最近的行政中心當然就是第一站。

簡約風格的辦公室，處處都是由木材打造而成，幾個幹部穿著跟在田野裡工作的外國員工一模一樣的制服，只是大家胸口的識別證的顏色稍有不同。

一萬公頃的農場運作，就交由這一間簡樸辦公室掌控管理？接待員看出大家眼神中的疑惑：「台灣農場的生產業務幾乎都是由員工自行管理，外國朋友在農場內每一個角落都有能力自行決定如何生產？如何收穫？幹部只不過是負責一些文書工作或是提供技術方面的細節。」

「老闆的辦公室呢？」他們極目搜尋，始終無法在辦公室每一角落找到一間豪華辦公室，大家才開始懷疑農場老闆是不是在另外一間建築物有專屬

空間？

「這裡，這張桌子就是農場主人的辦公桌。」接待員在另一窗旁角落指著一組厚重木製桌椅：「幾個人共用這張桌子，當天誰來農場，誰就坐在那裡辦公。」

「什麼？掌管那麼大的農場，卻跟大家窩在一起辦公？」

「是的，我們老闆跟我們一道辦公，一道在餐廳吃飯，有時還一道在農場裡工作，趕牛車，拉漁網，抓雞鴨鵝，樣樣都來。」

雨勢突然又加大，四周嘩嘩作響，屋外大樹轉眼被濃霧掩住，溫煦的陽光倏忽退去。望著窗外飛舞在庭園的濛濛水氣，大家一臉失望，深怕今天的參觀行程就此泡湯了。

濕潤氣息立即浸滿每一角落，柑橘的香氣更加濃烈，流轉在每一個角落，他們又嗅出樟樹揮灑而來的濃郁氣息。

「為何要以如此方式經營農場？引進高效率的種植方式與養殖技術不是能為農場帶來更可觀的收益嗎？」

「嗯，你們這個問題實在是太棒了！我很樂意為大家詳細說明老闆的理念。」

「土地，絕對能養育居住在在其上的人類，問題是，貪婪與掠奪打亂了節奏。」接待員此時有如在教室授課的老師，用字遣詞和神色都開始轉趨肅穆。

「台灣進入工業化社會之後，土地就面臨過度開發使用的問題。為了獲取快速而且大量的利益，我們摧殘土地，榨取土地，到最後，大自然反撲，人類反而付出更大的代價。當然，未開發的第三世界國家目前尚未面臨這個問題，但是，如果任由財團予取予求，人間樂土轉眼就得面臨跟工業國家一樣的夢魘。」

「台灣農場除了提供這四個國家的朋友工作機會，另一項重要的目標就是要在台灣建立一個人類可以跟大自然和平共處的樂園。」

「老闆最大的心願就是透過台灣農場的運作，培育這四個台灣鄰近國家的人才，等他們回國後，也能將人類與土地和平共處的理念傳達到他們的家鄉。」

「菲律賓、越南、泰國、印尼這四個國家的農業尚未被過度糟蹋，很

多土地還能保留純樸原貌，如果台灣農場能教育、培育這些東南亞國家的人才，日後，他們回到自己的國家，就能複製台灣農場的模式，那麼，世外桃源一樣能為當地帶來可觀的收益。」

「以後，再透過菲律賓、越南、泰國、印尼這四個國家人民的努力與愛心，將台灣農場的經營模式擴展到全世界。中南美洲、非洲、印度、孟加拉，以及眾多尚在貧窮線下掙扎的民族，不但能用經營農場的收穫讓他們溫飽，接受教育，改善醫療與衛生環境，更能幫他們守住世世代代流傳下來的樂土。」

「有如當初他們在台灣農場所參與的每一項運作環節，日後他們將同樣模式推展到其他國家。這樣一來，地球上很多原本會被工業重機摧殘的土地將有機會逃過一劫，那絕對是當地百姓之福。」

大雨來去匆匆，陽光又露臉了，六人衝向窗邊，興致勃勃，準備要到田野裡開開眼界。

「接下來的參觀行程，大家要回去牽出自己的腳踏車，或是由農場提供的腳踏車代步？」

「農場裡沒有汽車接送嗎？」一想到佔地一萬公頃的範圍，大家當然就先想到現代化的代步工具。

「呵呵，很抱歉，忘了先跟大家說明，農場不提供汽車或機車讓大家代步，所有來到農場的來賓，不管是來玩幾天，或是來談生意，一律騎腳踏車，要不然──」接待員還沒說完，六人就爭先恐後猜了起來：「要不然，就是跟著員工搭牛車，對不對？」

「對！農場裡有不少牛車，你們在農場裡任一區域，處處都可遇上緩緩踱步的牛車，不須招手，可以隨時跳上去，當然啦，也可以隨時下車。」接待員興致勃勃地解說，彷彿他也常常趕著牛車在農場工作。

「耶！」六人又是一陣歡呼，「哇！簡直比搭捷運還要方便啊！」

「是啊，不必投幣買票，不管路程遠近，想上車就上車，想下車就下車。」

大家七嘴八舌，接待員先是愣了一下，繼而仰天哈哈大笑：「哈哈，如果你們願意將那些慢吞吞的牛車當成成捷運，我們也很高興大家能有這種雅興啊！」

「當然，你們也可以選擇搭船，農場水道、野溪都有不少小船，隨手一招，他們都很樂意載你們一程。」接待員比出招來計程車的手勢，跟大家示範搭船的方法。

「但是，如果想更有效率走遍農場，想精準掌控時間，還是自己騎腳踏車比較方便，畢竟每一部牛車、每一艘船在農間都已經安排好工作，他們按照既定行程運作，無法配合個人需求直達目的地。」

「所以，必須常常轉換路線，耶！這也跟捷運一樣嘛！」六人又是一陣嘻鬧。

「我們老闆和幾位幹部才偶爾會搭汽車，巡視重要地段，比如水力發電區或者是羊寮、鹿寮、豬舍、牛棚這一類須不定期保養的設施。」

「徜徉在這片原野，你們會覺得慢慢欣賞才更能體會大自然之美，隨時隨地可見人類與大自然和平共處的祥和景象。農場每一個角落幾乎都以人工運作，除非人力無法勝任，否則，我們很少仰賴機械。」

「善待土地，大自然一定會加倍回報，小面積種植，沒有用到大型農機，也不用化學肥料，但是台灣農場的效率與效益並不差。這裡的魚、蝦、鱉、蟹與鰻魚從不餵食人工飼料，我們將三餐食用肉類的動物骨骼放入水中，硬殼類的水果殼、倒下的樹幹，也不隨意丟棄，一律放入水域裡充當人工漁礁，水中生物因自然繁衍，不必擔心大規模的病變，價格也更高，反而比傳統養殖場創造出更大產值。」

十一、牧草園

六位同學討論過後，決定先騎上自己的腳踏車，等參觀到尾聲之後再將腳踏車抬上牛車，也許，到時大家還能坐在牛車上，身上披著夕陽，與四個國家的員工一同高唱呢。

牽出自己的腳踏車，隨著接待員騎上一條彎曲小徑，淺淺溝渠依偎在路旁，水岸邊滿布狂艷野花，幾棵大榕樹的鬍鬚隨風搖曳，幾枝較為粗大的氣根都已成堅硬樹幹，直挺挺跨入水中。

騎過彎彎繞繞的羊腸小徑，展現在他們眼前的卻是令人眼睛一亮、心神飛馳的大草原！

「這是稱為『攀固拉』的牧草。Pangola，原產地是南非，蛋白質含量高，牛羊吃了這種牧草，牛乳與羊奶會更有一番別致的風味。」接待員停下腳踏車，還沒解說清楚，六人就已經停好腳踏車，衝入草原中，歡呼不已。

草原中，野溪四處繚繞，徐緩的流水清澈見底，岸的兩邊都鑲嵌著長排更濃密的青草，擠不上岸的就直接跨入水中。青翠綠草或是挺立水中隨風搖晃，或是潛沉水裡隨波盪漾。

羊群與牛群遍布青青草原，隻隻正在大快朵頤。偶爾幾頭牛羊會抬頭好奇看看他們，黑白相間的乳牛更為青翠草原增添幾分活潑的色調。

「鹿群特別喜歡吃構樹的葉子，所以這片草原很少見到梅花鹿。」接待員也隨著他們的腳步跨入草原中，他似乎能解讀出林子奇與林華四處搜尋時眼神中的疑惑，兩人還沒發問，他就開始逐一說明：「所以，大部分的時間，我們都將鹿群帶到構樹林，有時是由越南員工負責，有時由菲律賓或印尼、泰國員工帶隊，這都是由辦公室裡的幹部根據整個農場當天的工作需求來輪流安排。」

「這種比較不須耗費體力的工作通常都是交由女員工負責，男員工一向都安排在必須具備高度體能的工作，比如說：拉漁網、抓雞鴨鵝、手推車載送水果，或是蓋新的農寮、宿舍。各位昨晚所參觀的三層樓員工交誼廳就是由四個國家的木工師傅合力蓋出來的。」

「牛車都由男員工負責嗎？」

「呵呵，不一定喔，這裡有很多女員工在家鄉時，年紀很小就必須跟著家人下田，會駕控牛車的女員工不在少數，嗯，趕牛車的功力還不輸給那些男人喔。」接待員雙手高舉，做出一個大大的V字形手勢，語調亢奮：「接下來的行程就由你們自己去體驗。我知道今天每位同學都有偉大願景，儘量發揮偉大的想像力吧，歡迎大家幫台灣農場塑造出更美妙的遠景！」

牧草遼闊，宛如沒有邊際，他們只能憑著遠方那一長排濛濛的牛棚才能確認，那一片模糊的區域也許就是草原的界線。草原四周有著長排農寮，每一排都是兩層高度，圍繞在草原四周，而農寮下方都是潺潺水流，牛羊鹿的糞便直接被帶到繚繞農場的大小河道。

大家極目望向對面一座羊寮，幾棵高聳的大樹矗立在一旁，他們突然發覺到羊寮後方可能又是一片無際的青青草原。

有些角落的草梗長得快，簇擁著團團墨綠，草原中滿布喧囂的色彩，四周光影猶似被盡情吞噬，連蒼穹最湛藍的姿色也會被冷落得黯淡無光彩；一些剛萌芽的細草則呈現透明狀的鮮綠，有些嫩草排成一長列，亮色的細嫩葉尖在墨綠草叢中盡情蜿蜒遊走，乍看，有如漂泛在濃綠湖面上的一縷金黃絲綢。

風從四面八方而來，拂過每一支葉莖，搖起所有低頭沉思的草梗，折射在點點葉尖上的狂舞光影幻化成飛騰在綠野的浪花細沫。草原此時有如飄散著千千萬萬的銀白水花，耳際呼呼作響，鳥叫蟲鳴忽明忽暗。坐在草上的六位同學們一躍而起，發現已被一望無際的細白碎浪緊緊包圍，大家只能睜大眼睛，讚嘆驚呼，卻總是不願輕易挪動腳步。

草原中一直浮現多變景致，這角落剛剛看來似清淡淺綠，一轉眼卻已成濃妝艷綠。原本在陽光中泛著明亮色彩的金黃絲綢，一陣和風掠過，卻又消融在遍野濃綠，再也無從尋覓。

草原突然流轉著旺盛氣流，尖細葉脈開始狂舞。天色忽然暗了下來，仰首，濃密的烏雲不斷往農場中央的山巒聚攏，左前方的天空猶稍露一片亮光，右前方五百公尺的山巒身影則已經完全被漫天的漆黑烏雲吞沒。

大家衝向芒果樹下的一間草寮，腳踏車停妥，雨珠敲擊路上細碎砂石，發出嘶嘶沙沙的低語，遼闊草原已經停止狂舞，牧草的細腰款款擺動，欣喜迎迓從天而降的甘露。

芒果枝葉發出嗶啵嗶啵的響亮聲調，狂暴雨勢即將撲來，先發而至的大雨滴夾帶著強風，橫掃過這片數百公頃的草原！牧草纖細的身影在微光中泛出碧綠的光澤，狂風抓著它們修長的身軀與尖細嫩葉猛力撕扯，揚起迴旋騰轉、四處飛舞的漫天水氣。

狂風消匿，大雨開始全面掩至，站在草寮中，只見漫天水幕，舉頭尋找那座高山雨中的身影，卻只能看到數百公頃的曠野一片迷濛。除了眼前左右兩旁小部分的農田尚可辨識，哈密瓜田後邊的鳳梨田身形低矮，此時更難尋覓它們的蹤影。鳳梨田後更遠處的那一片香茅園，現在就連個輪廓也不見了。

大雨來去匆匆，大家還來不及欣賞四周雨中景色，太陽就露臉了。

處處原野輕搖著迷濛幻影，一道道貼著流水的橋樑下方奔騰著豐沛水花，流向與壯闊河床交會處，變成一片白茫茫的漫天水幕。白色水氣中流透著一抹如幻似真的鵝黃，微微黃色中似乎又攙揉著絲絲酡紅光影。一陣風吹過，水氣盡散，原來是彩虹把水幕暈染出多變姿影。

彩虹從榕樹森林中揮灑而出，跨越河床，隱入對岸溪畔那一片甘蔗園中。舉頭望向那座山峰，山腰飄浮著朵朵輕如棉絮的白雲。一道又一道的彩虹盡情展露美麗身影，披掛在一層又一層的瀑布群中。

牧草葉上滿掛晶瑩的水珠，在陽光中閃爍著奪目光彩，猶如數億顆圓滾

珍珠與細碎鑽石浮沉在一望無際的綠色湖面。

他們騎過玉米田，田中突然傳出轟轟巨響，數百隻小鳥從高高玉米禾桿中振翅而出，細小翅膀同時強力鼓動，周遭氣流為之震撼，噗噗之聲直灌耳膜，六個人趕緊停車，伸手掩住雙耳。

鳥群奮力鼓翅後立刻就找到滑翔路徑，開始唱著輕快聲調，各各往四周飄然而去。大家抬頭，追隨著一大群未分散的鳥兒望過去，見牠們佇足在高高榕樹上。

玉米看似弱不禁風，它們卻不在乎大雨的折磨，飽脹的莖幹反而更為豐潤，寬大的葉片更顯繁茂。

他們來到香茅田的邊緣，田的那一端，那座粹取香茅精油的農寮隱身在漫天水氣中。低頭可見香茅纖細的莖葉，一身羞赧的綠意，卻跟牧草一樣在雨後展現欣盛的生命力。低矮香茅被雨水沖洗得翠綠如碧玉，鳥兒爭相拉開嗓門，興奮地在香茅葉尖飛馳、彈跳。

一漥又一漥的積水在路旁各自閃耀著飽含生命力的亮彩。嗅覺更為甦醒，聽覺也益加敏銳，陣陣鳥鳴從近而遠，已在四周盪漾開來。大家停在原地，就站在香茅田和釋迦園中間的道路，舉頭搜尋眾鳥漫天飛舞的倩影。

強風再次掃過曠野，香茅身影狂亂，細長禾葉猶如綠濤洶湧，一波波急馳前方，再從遠方回踅而來。釋迦樹堅碩的枝幹不為所惑，只有高挺亮綠的嫩葉隨風輕輕抖動。群鳥再次消聲匿跡，大家高舉的臉孔又立刻掛滿水珠。

沿著香茅田左轉，另一邊是一大片釋迦園，一人高的果樹排列筆直嚴整，宛若靜候閱兵的壯盛軍隊。雜草爬滿園中的長幅通道，株株草兒飽含水滴，濡濕著釋迦樹的腳跟。

他們來到鳳梨園，只見腳下一片內斂含蓄的薄綠，鋒銳的針葉在雨絲中發出答答的清脆回音。

他們來到毛豆田，收割完的毛豆田此時已經出現幾道強勢水流，大水在田中流竄，原本一排排直挺的排水道早已被雜草與野花攻佔，流水切割出一道道不規則的洩渠，翠綠毛豆田此時已成一大片濫泥。雨水從田埂邊的塑膠管進入道路旁的溝渠，流水發出咕嚕咕嚕的聲響，奔向旁邊的香蕉園裡。

他們來到一片寬闊的河流旁，水面上一艘艘船隻上站著男人，長長的漁網拉開了，大夥分工合作，在遼闊水域中圍成一圈巨大的網罟。

數十支竹竿拍打著水面，發出嗶啵嗶啵的響亮聲調，水中魚蝦四處奔闖跳躍，配上四個國家的歌謠，更是讓六個站在岸邊的同學血脈僨張。

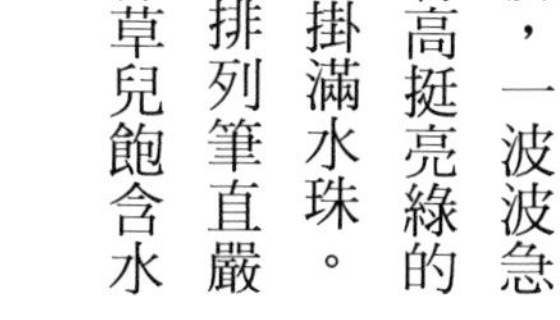

「收網了！」其中一艘船上站著一位台灣籍的幹部用麥克風指揮大家收網。一聲聲更高亢的歌謠立刻從每一艘船中飛揚而出，豐收的喜悅正滿掛在每個人的臉上。

幾艘船上的幾個籃子裝滿了鱉，幾艘船上的幾個桶子裡裝滿了活奔亂跳的魚兒，幾艘船上幾個籃子裝滿了螃蟹，幾艘船上的桶子裡裝滿了奮力揮舞的蝦子，幾艘船上的桶子裡裝滿了活躍鑽動的鰻魚。

他們來到樟樹林，水面上一艘艘船隻正忙著工作，樹林下，一群群男女拿著竹竿趕著家畜。

幾艘船上的幾個籠子裡裝滿了呱呱作響的鴨子，幾艘船上的幾個籃子裝滿了咕咕啼叫的雞隻，幾艘船上的幾個籠子裡裝滿了嘎嘎唱歌的白鵝。

他們來到一片濃密的樹林，一群又一群的男女在水果樹下忙進忙出。

每棵龍眼樹下都擺著幾個A字形竹梯，梯子上的男人剪下一串串飽滿龍眼，勾在繩索末端，樹下拉繩的女子慢慢放下，龍眼放入籃子裡。

每棵芒果樹下都擺著幾個A字形竹梯，梯子上的男人剪下一串串飽滿芒果，勾在繩索末端，樹下拉繩的女子慢慢放下，芒果放入籃子裡。

女員工腰間掛著竹簍，穿梭在一片百香果園的棚架下，她們彎腰撿起地上落果，竹簍滿了，倒入地上竹籃，籃子滿載，手推車來了。

手推車來來去去，帶走這些百香果、龍眼與芒果，送到路邊的牛車上，就在歡唱歌聲中，一籃籃水果陸續被載走。

他們騎過稻田，稻禾整齊排列著，田裡淹滿灌溉水。水稻舒展嫩綠細葉，綠色大地隨風搖曳。稻穗滿掛飽實的顆粒，埋首藏身在遍野綠油油的禾葉裡。大片鳥群噗噗飛過，劈開兩道疾風，風兒滑過細長葉脈，一波波翠綠海浪由近而遠，哼著沙沙樂曲往四周飛奔而去，再加上嘓嘓蛙鳴從田裡洶湧而出，有如大自然正演奏著最純樸的交響樂曲。

幾處收割完的區域淹滿清水，水色如同一面明鏡，映照出天上朵朵飄浮白雲，那座最高的山巒湛藍的倒影從農場中央一躍而來，徜徉這片水鏡中。

一艘滿載竹籃子的長船划了過來，船隻靠岸，食物香氣撲鼻而來。原來，這是載運午餐給分布在農場內各個角落員工的交通工具。一位女子從船上提來兩個竹籃子，裡頭裝有一盒盒的午餐與牛奶、羊乳：「已經幫你們多準備了六人份，請慢用，祝你們玩得愉快。」，她們的聲音清脆如薄細的精巧鈴鐺，簡短一兩句話，帶著越南人的特殊腔調，配上淺淺笑意，朝著大家漾開一朵宛如盛開粉白玫瑰的美麗臉龐。

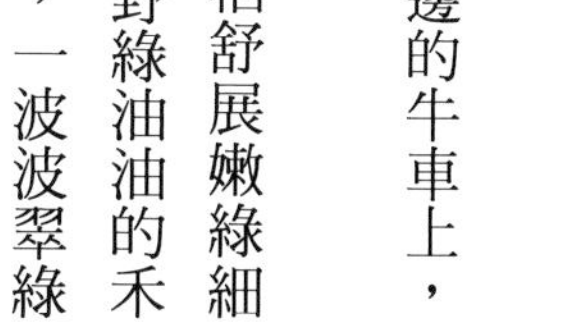

鋪著布巾的地面就成桌子，大家席地而坐，跟各國的朋友一道用餐，一道歡笑著。

茄苳粗壯樹頭滿布大大小小的樹瘤，有如渾身結實突起肌肉的大力士；桃花心木直挺挺的樹幹，讓人想起巨人國度的電線桿。吃完午餐後，大家坐在茄冬樹下，窩在樹瘤間午休。附近一棵椰子樹突然掉落一片大葉子，從樹頂滑落時就開始發出嘩嘩聲音，墜入一旁梅花樹林中。奔跑在樹梢間的風兒越玩越有勁，又有三棵椰子樹丟出大大的枯葉，加入由各種天然音律共同譜成的午後催眠曲。

陣陣清涼氣流撲面而來，枝頭綠葉沙沙輕響，西瓜田裡的碩大綠葉紛紛掀葉而舞。風兒搖著花兒的手，咕嚕咕嚕的野溪隨興哼唱著，高高的椰子樹也用沙啞的音調加入合唱。朵朵飽滿白雲浮貼在山腰，悠閒飄搖，像是一團團誘人垂涎的棉花糖。

河流上漂泛著滿滿的鴨子，順著水流悠悠而去，呱呱之聲譜出雜亂無章的音符，隨風散逸，滲入一旁小樹枝葉裡，飄上高高椰林，融入天際啁啾鳥啼。

一旁小支流中，一群白鵝飄浮在吻觸著水面的繁茂枝葉中，身段高雅，順著水勢優游而來。

窩在茄苳樹瘤間的六位同學根本就難以抗拒大自然合奏的催眠曲，一個接一個，陸續滑入夢鄉。

十二、夢醒，園遊會開始了

「燕凌！燕雪！起床啦！你們忘記今天是園遊會的日子嗎？」

陳燕凌伸個懶腰，翻個身，面朝窗戶微亮晨曦，準備瞇著眼回味夢中美妙情境，耳際卻忽然傳來媽媽的急促呼喊。他旋即猛然翻身，雙腳立即踩上地板，一手以迅雷不及掩耳的動作抓來外套，一手扯來披掛在窗邊的毛巾，他衝向盥洗室，還未打開水龍頭就聽見隔壁妹妹房間已早他一步發出嘩嘩水聲。

「會捨不得嗎？外公外婆才剛剛買給你的生日禮物，爸媽還沒帶你到郊外山上開開眼界呢。」爸爸坐在客廳沙發，一手拿報紙，一手拿著一根香菸。

「怎會？爸，您知道嗎，一支望眼鏡可以讓貧窮國家的小孩繳好幾個學期的學費啊！」陳燕凌小心翼翼將望眼鏡裝入盒中，語調眼神中滿溢振奮之情。

「爸，您知道嗎，如果您願意戒菸，省下來的買菸錢可以讓貧窮國家的小孩買多少書本和簿子嗎？」陳燕雪不知何時已站在爸爸背後，她抱著幾本今天準備義賣的精美筆記簿，還拿出一本朝著爸爸不斷搧動著。

陳爸爸趕緊將菸捻熄。陳媽媽從廚房走出，端著盤子，四人份的豐盛早餐在歡呼聲中很快就被一掃而空。

學校大門口今天人聲鼎沸，一波波人潮不斷湧到校門口，從這所國中畢業的校友也有不少人趕回來了，兩代同樣是就讀這所國中的家庭不在少數，更為現場增添幾分喜氣。

林子奇與林華兩位主持人站在司令台上，台前三層長長石階上擺滿等候被拍賣的物品。「大家好！很高興今天有這麼多國家的朋友來到我們學校，這次活動到底是由誰先發起？是誰出了最多力量？呵呵，每一個人都是大功臣！」兩人先來一串歡迎詞，接著就開始來一段男女合唱，樂曲已經從操場那邊的擴音器傳送過來，不只是這所學校，就連四周道路似乎也浸濡在有如節日慶典般的歡樂氣氛。

陳校長今天一身大紅連身洋裝，戴著那頂她一向最鍾愛的紅色呢帽，讓高大身材更顯搶眼，她笑瞇瞇站在校門口，不斷跟陸續來到學校的家長與學生握手致意，對於家長與校友加諸於她舉辦這次活動的讚美，陳校長忙著解釋：「不，不，這不是我的功勞，學校裡每個人都有參與。歡迎，歡迎，這是我的榮幸，能夠跟這麼一群有著滿滿愛心的同學共處一個學校，的確是讓人深感榮耀啊。」

她所任職的這所國中裡，媽媽來自東南亞國家的學生相當多，每年寒暑假過後，她都會從老師與學生的談話與寒暑假作業中輾轉接觸到不少讓人既心酸又心疼的異國信息。

有些家境較好的學生跟著媽媽搭飛機回娘家時，親身接觸、體驗到遠在異國的表姊妹、表兄妹們置身那種令台灣人難以置信的貧寒情況，回到學校描述時，一定會在同學間投下讓大家目瞪口呆的震撼彈，那些餘波多多少少也會傳到辦公室。

是誰先提議要在學校舉辦一場園遊會，將拍賣所得及擺攤位收到的錢，透過學生的異國媽媽送到東南亞國家資助當地失學的孩子？陳校長此時滿心振奮，她實在也難以記得清楚，到底是學生們出的點子？還是媽媽們先提起？或者這是她本人先想出來的主意？只知道提議一出，學校上上下下立即開始忙翻天，她已經幾個星期沒休假了？哈哈，相較於今天能迎向大家共同

期盼多日的歡騰氣氛，少了幾天休假，那又有什麼關係呢？

不但學生熱烈響應，家長的支持行動也不斷蜂擁而來，打進校長室關切園遊會細節的電話讓陳校長接到手痠，卻也把她的信心推到最高點。更讓陳校長高興的是幾個媽媽還打算募款幫故鄉的村民挖水井，因為在她們的家鄉，每天單單為了挑水，就必須耗費很長時間，一些小孩為了幫大人分擔家務事，奔波於家與溪流之間挑水的重擔就已經讓他們累癱了，根本難以挪出時間好好念書。

陳爸爸的車子尚未停妥，她就已經邁開大步，趨前準備幫陳燕淩一家四口開門。

劉美琪坐在便利商店走廊上的桌椅等候沈靜宜，兩人各揹著一大袋在家編織好的襪子、圍巾與手巾，準備送到司令台交由學校義賣。

她還在回味昨夜夢中美妙情境，那有如夢幻舞台的三層水簾石階，那些戴著越南斗笠的女子，以及漂泛著無數小船的大小河流。

沈靜宜沒讓她久候，她的思緒才來到那座水族箱的奇景時，沈靜宜就出現了，還沒走到劉美琪面前，沈靜宜就忙不迭說了：「美琪，我告訴妳喔，昨晚我夢見一個大農場，跟陳校長最近在學校設立的噴水區很像耶，整座大農場成台灣地圖的形狀，好漂亮！」

「太神奇了！」劉美琪大呼一聲，隨即尖叫著：「我也夢到一座形狀跟台灣地圖一樣的大農場耶！而且校長真的是在農場裡當祕書喔！」

操場旁已經熱鬧滾滾，林子奇與林華唱過一輪，司令台上的擴音機開始播放著南洋歌謠：越南歌曲、泰國歌謠、菲律賓歌曲、印尼歌曲，串串音符飛揚在歡樂人群中。

在校門口跟幾位來賓致意後，陳校長暫時回到辦公室小歇。望向忙碌的操場，心中感觸實在是很難以言語形容。她打開抽屜，拿出幾本已經全然發黃的筆記本和幾枝只剩一小截的老舊鉛筆，撫觸再三，然後裝入牛皮紙袋中。

每本筆記本封面上都寫著她名字，內頁則是她從小學到師範求學過程中一路撰寫的讀書心得，這些簿子和那幾枝已無書寫功能，卻還妥善保存的鉛筆尾巴都是來自數十年前的遙遠海外，待會就要送上司令台，陳校長有信心，這些深具人文與時空價值的老舊文具能拍賣到不少錢，可以幫東南亞國家的貧童添購數量驚人的文具。

當年父母根本無力讓她進學校，別說是揹著書包上學，對她來說，就連

一枝鉛筆、一本簿子都是奢侈品。眼看著即將失學，一位從未見面的國外善心人士從遙遠的海外及時伸出援手，將她從童工的黑暗深淵裡拉了出來。已過數十載，當年那一包筆記本和鉛筆寄到她手中時，那內心的顫動與狂喜，至今依舊在記憶底層閃爍著光芒，未曾稍稍褪色。

今天她能坐在這裡，憶起她在教育界一路拉拔成長的學生，心中的感激依舊澎湃湧動，難以平息。

當年，如果沒有那位海外善心人士的接濟，現在的她有機會能將這份愛心傳遞下去嗎？呵呵，她伸個心滿意足的大懶腰，將這幾天堆積的疲憊全部趕走。

已屆退休年齡，她除了專心辦好這次園遊會，引導學生從小小的愛心起步，讓他們明白，只須棉薄之力，就可以讓貧窮國家的學童也能跟台灣的孩子一起期待光明的未來，她已經準備要在退休後跟幾位國小同學買農地，引進一些東南亞的勞工，教導他們農場的經營方式。經由農場的運作，不但可以因為提供工作機會，讓這些勞工的孩子不至於失學，而且，更希望能拿出農場的收益，幫助那些勞工回國後在當地複製同樣模式，建設簡易農場，幫助更多當地的貧窮國人。

她曾在學校跟師生私下相聚時提及這項生涯規劃，幾位年齡與她較為接近的老師可以感同身受，大家很快就有了共同的話題，但是生長在優裕環境下的同學跟本就難以體會當年台灣有不少學童曾處身於難以置信的貧寒情況，他們根本無法想像陳校長這種位居社會金字塔尖端的大人物，小時候也跟現在東南亞那四個較貧窮國家的學童一樣，曾經面臨無法上學的悲痛際遇。回到教室描述時，一定會在同學之間投下讓大家目瞪口呆的震撼彈，而陣陣餘波一樣會在下課之後陪著同學傳回家裡。

也許吧，也許就是這麼一波波來回的震撼，引出人飢己飢的話題，圈繞出一個大大的愛心，才讓參與這次園遊會的家長與學生會如此主動，如此踴躍。

小學同學已經有多人答應要與她合作，尤其是當年家境和她一樣困頓，勉強念到國小畢業後就必須到工廠幫家人分擔生計的人更是熱切響應，這些成員分布社會各界，有大企業家，也有在菜市場做生意的小販，有退休的工人，也有農夫。大家經常共搭一部車，走訪幾處山腳下的農場，而且已達成共識，農場的規劃與管理完全交由她主導。

所以，她在校長室跟一些同學提及這項計畫的概要時，總是會先開個玩

笑：「以後歡迎你們來農場找我，但是，記得要改叫我陳祕書，不要再稱我校長喔，哈哈！」

人潮一波波湧進，操場更加熱鬧滾滾了，攤位幾乎都設置在「水鄉」的大樹下，這些由粗細水道與大小池塘綿密交錯而成的景點是陳校長來這所國中就任後才開始建設的「水鄉」，整體呈現台灣島嶼的形狀，從二樓教室往下俯瞰，一道淺淺水流圈繞成台灣島的形狀，幾棵大樹矗立在水道旁、池塘邊。

老榕樹的的鬍鬚隨風搖曳，較為粗大的氣根都已成堅硬樹幹，直挺挺跨入水中；一棵波羅蜜樹上掛著比枕頭還要巨大的鵝黃果實；一棵樟樹全身披著粗糙的龜裂樹皮，流透著一股難以言傳的溫潤質感，撥開一小片乾枯的樹皮，尚未湊在鼻前，一股香氣就從樹幹迸放而來；茄苳粗壯樹頭滿布樹瘤，有如渾身結實突起肌肉的大力士；桃花心木直挺挺的樹幹讓人想起巨人國度的電線桿。

中間最高處就是一座由石塊堆成的小山，大口徑的出水口發出愉悅的呼呼聲響，噴出涼透心扉的強勁泉水，強力撞擊擺在水管前方的大石頭。真是神奇啊！柔軟的力量也能演變出難以想像的巨大改變，那塊堅硬的長長大石頭上已出現些微凹痕。大家都在猜測，強勁泉水何時才會穿透大石頭。有人說等到上他大學，有人說可能這一兩年就能貫穿。意見不一，但是每個同學都說：等噴泉在大石頭上鑿出一個橢圓形大洞，他們一定會回到學校，大家輪流坐上去試試看：「感覺一定很棒，那種造型與材質都是獨一無二的椅子，在家具行絕對買不到。」

泉水撞擊在大石頭上，水花飛揚四散，織譜成雲霧一般的水幕。泉水在巨石堆成的迷你峭壁間流闖，低鳴的轟轟聲響隨即晃漾開來，形成山澗急流。流水在一層又一層的岩石之間翻滾，先來到一漥又一漥的小潭裡稍作歇留，等小潭飽漲，又繼續唱著快活的歌聲往下奔流。

自從學校有了這片「水鄉」，更多鳥群聚集而來，就連在大都會難見其蹤影的白鷺鷥與西伯利亞飛來的候鳥偶爾也會在此逗留，悅耳水聲陪伴著啁啾鳥鳴，兩種天然曲調就在這座人造小山巒上縱情喧嘩。

生物老師更忙了，因為他們必須常常替其他老師與學生解惑，幫大家說明大家從手機拍攝下來的鳥類到底是什麼名稱？有何特色？求知慾旺盛的學生，還常拍到一些從前未曾出現在學校花草樹木上的昆蟲。

個個攤位旁聚滿忙碌的人群，有盛裝赴會的中年男女，有輕便衣著的年輕族群，有穿著雨鞋的菜市場小販，也有穿著時髦高跟鞋的小姐，有老人，有

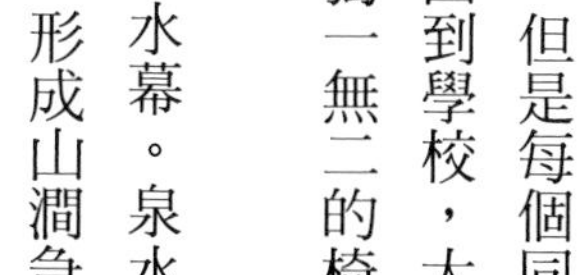

幼童，連休假的外籍勞工也來了，各國語言處處流轉，歡笑聲響時時飄散。

一盤盤香噴噴的食物陸續擺了上來，一個個空盤子被收回架設在一長排水龍頭一旁的臨時廚房。

幾個越南媽媽的攤位設在一棵桃花心木下，炒河粉、牛肉河粉，任你挑選，米紙春捲在盤上堆成美麗的梯形，轉眼就被拿光。

幾個泰國媽媽的攤位擺設在樟樹下，坐位客滿，一盤盤檸檬蒸魚從臨時廚房中端出，煎得吱吱作響的月亮蝦餅勾動每個人的味蕾，一個巨無霸的大碗裝著青木瓜沙拉，青春小姐們搶著嘗鮮。

幾個菲律賓媽媽的攤位設在茄冬樹下，幾盤甜米糕、一大鍋酸湯、幾個鳳梨裡頭塞滿米飯，酸甜交織的氣味在舌尖繚繞，配上一杯椰奶，讓人直呼過癮。

幾個印尼媽媽的攤位擺在莿桐樹下，特大號的木碗內裝著黃薑飯，一大盤鳳梨咖哩飯才剛端出來，還沒擺好就已經被掃掉一大半。

哈，波羅蜜樹下呢？別說大家不敢將攤位擺在那裡，就連接近時也小心翼翼仰頭警戒，就怕那掛滿樹枝的驚人大果實會突然掉了下來。

父母來自不同國家的同學們穿著學校的制服，左胸前配戴一張識別證，畫著媽媽家鄉的國花。他們穿梭在每一個攤位，不但要當自己媽媽的助手，還得幫同學的媽媽收拾餐盤、擦桌子、清洗食材。他們從台灣頭忙到台灣尾，一下子衝到花蓮借幾張椅子，一下子又要趕到屏東抬籃子，才挺起腰，台中那邊又有一位同學的媽媽喊著要幾個人過來幫幫忙。

一旁幾張長桌上擺著幾個方形紙箱，上頭挖出一個圓洞，四周寫著：「一塊錢不嫌少，一千塊不嫌多。」「感謝您，台灣的朋友。」「讓那些國家的孩子和台灣的孩子可以期待一個同樣的未來。」

「並不是需要擁有巨大財富才能幫助他人，只要有一顆善心，即使是一點點小錢也能在物質匱乏的國家發揮巨大的力量。今天，同學的偉大夢想，就要從這所學校跨出第一步。雖然只是一小步，但是我相信每位同學的心中都已孕育著一顆足以茁壯成濃密大樹的愛心種子。只要點燃起一個小火苗，就有可能引燃大火炬，照亮大地；只要播下一顆小種子，就有可能長成大樹，庇蔭大眾。感謝大家！」陳校長在校長室略作休息，走在跑道，步上那三層長長石階，上到司令台之後，只講了上一段簡單扼要的致謝詞，隨即宣布義賣會開始。

陳燕淩的望眼鏡拍得比他預期還要高的價格，他高興得在台下蹦蹦跳，

吼聲幾乎蓋過現場如雷的掌聲。

劉美琪與沈靜宜站在一旁，狠狠瞪了他一眼。兩人前幾天就懷疑陳燕淩從對面教室大樓的走廊，老是用這支望眼鏡偷瞄她們這兩個美少女。但是，她們派過去傳話的同學回報而來的信息卻不如她們所預期。陳燕淩是這樣子說的：

他是在明查暗訪，因為媽媽曾提到她的口紅最近好像耗費得很兇，他合理懷疑是妹妹偷偷把媽媽的口紅帶來學校，下課後趁媽媽還未下班再偷偷擺回去。雖然兩人向陳燕雪求證之後無奈決定選擇相信陳燕淩的解釋，但是，兩人還是經常嘮叨著：「哼，沒有用望眼鏡偷瞄，但還不是常常盯著我們看。」

司令台上，拍賣暫歇息，由四位菲律賓男女穿插的表演正要上場！

兩對男女前幾天就曾來學校排練過，當時劉美琪與沈靜宜也來到司令台下先睹為快。兩人當時嘗試用簡單英文跟他們交談之後，還跳上那三層長長石階，跑上司令台跟他們學起菲律賓的土風舞。

此時，高大的劉美琪充當男舞者，腰間塞著一條紅手巾，沈靜宜當女舞者，腰間插著一支摺扇，兩位好朋友舞勁全開，在司令台上，與四位菲律賓朋友一起跳著Carisoña[1]！

六人三組，開始先向右側走了六步，雙手舉在兩側，用手指凌空圈繞出兩個圓形，然後，左手在前，右手後舉，雙手下壓，微彎著腰，左腳輕柔往前點觸。

六人三組，又朝著左側走了六步，雙手舉在兩側，用手指凌空圈繞出兩個圓形，然後，右手在前，左手後舉，雙手下壓，微彎著腰，右腳輕柔往前點觸。

六人同時左轉，形成三組面對面的舞者，男雙手擺腰後，女雙手插腰，右腳輕柔往前點觸，左腳輕柔往前點觸，微彎著腰，相互朝對方挑情。

司令台前爆出陣陣歡暢掌聲，Carisoña那有如玉石相擊般的樂曲彷彿也被大家的歡樂笑浪推動著，往四周飄然而去，久久不歇。

轟！轟！轟！學校一角落有人點燃沖天煙火，明亮天空中雖不見綻放七彩光影，但是，從那角落飄搖而來的煙霧卻在濃密樹蔭的烘托之下，彷彿幻化成一艘艘乘載著眾人歡樂聲息的銀白色小舟，在學校間來回擺渡。

1 編按：Carisoña是菲律賓的傳統舞蹈，是一首「求愛舞」，亦常被視作是菲律賓的國舞。

兒童文學30 PG1747

台灣農場

作者／陳林
責任編輯／洪仕翰
圖文排版／周妤靜
封面設計／葉力安
出版策劃／秀威少年
製作發行／秀威資訊科技股份有限公司
114 台北市內湖區瑞光路76巷65號1樓
電話：+886-2-2796-3638
傳真：+886-2-2796-1377
服務信箱：service@showwe.com.tw
http://www.showwe.com.tw

郵政劃撥／19563868
戶名：秀威資訊科技股份有限公司
展售門市／國家書店【松江門市】
104 台北市中山區松江路209號1樓
電話：+886-2-2518-0207
傳真：+886-2-2518-0778

網路訂購／秀威網路書店：http://www.bodbooks.com.tw
國家網路書店：http://www.govbooks.com.tw
法律顧問／毛國樑 律師

總經銷／聯寶國際文化事業有限公司
221新北市汐止區康寧街169巷27號8樓
電話：+886-2-2695-4083
傳真：+886-2-2695-4087

出版日期／2017年5月 BOD一版 **定價**／200元
ISBN／978-986-5731-74-8

秀威少年
SHOWWE YOUNG

國家圖書館出版品預行編目

台灣農場 / 陳林著. -- 一版. -- 臺北市 : 秀威少年, 2017.05

面； 公分. -- (兒童文學 ; 30)

BOD版

ISBN 978-986-5731-74-8(平裝)

859.6 106005829

讀者回函卡

感謝您購買本書，為提升服務品質，請填妥以下資料，將讀者回函卡直接寄回或傳真本公司，收到您的寶貴意見後，我們會收藏記錄及檢討，謝謝！如您需要了解本公司最新出版書目、購書優惠或企劃活動，歡迎您上網查詢或下載相關資料：http:// www.showwe.com.tw

您購買的書名：______________________________

出生日期：________年________月________日

學歷：□高中（含）以下　□大專　□研究所（含）以上

職業：□製造業　□金融業　□資訊業　□軍警　□傳播業　□自由業

□服務業　□公務員　□教職　□學生　□家管　□其它____

購書地點：□網路書店　□實體書店　□書展　□郵購　□贈閱　□其他

您從何得知本書的消息？

□網路書店　□實體書店　□網路搜尋　□電子報　□書訊　□雜誌

□傳播媒體　□親友推薦　□網站推薦　□部落格　□其他__________

您對本書的評價：（請填代號　1.非常滿意　2.滿意　3.尚可　4.再改進）

封面設計____　版面編排____　內容____　文／譯筆____　價格____

讀完書後您覺得：

□很有收穫　□有收穫　□收穫不多　□沒收穫

對我們的建議：______________________________

____

____

____

請貼
郵票

11466
台北市內湖區瑞光路 76 巷 65 號 1 樓
秀威資訊科技股份有限公司 收
BOD 數位出版事業部

（請沿線對折寄回，謝謝！）

姓　名：＿＿＿＿＿＿＿＿　年齡：＿＿＿＿　性別：□女　□男

郵遞區號：□□□□□

地　址：＿＿＿＿＿＿＿＿＿＿＿＿＿＿＿＿

聯絡電話：(日)＿＿＿＿＿＿＿＿ (夜)＿＿＿＿＿＿＿＿

E-mail：＿＿＿＿＿＿＿＿＿＿＿＿＿＿＿＿